国际动物小说品藏书系

霸 王 熊

沈石溪◎主编

[加]欧内斯特·汤普森·西顿　著

邓超群　译

时代出版传媒股份有限公司

安徽少年儿童出版社

图书在版编目(CIP)数据

霸王熊 /(加)欧内斯特·汤普森·西顿著;邓超群译;沈石溪主编.
—合肥:安徽少年儿童出版社,2017.3(2022.5 重印)
(国际动物小说品藏书系)
ISBN 978-7-5397-9471-6

Ⅰ.①霸… Ⅱ.①欧… ②邓… ③沈… Ⅲ.①儿童文学 – 短篇小
说 – 小说集 – 加拿大 – 现代 Ⅳ.①I711.84

中国版本图书馆 CIP 数据核字(2017)第 018981 号

GUOJI DONGWU XIAOSHUO PINCANG SHUXI BAWANG XIONG

国际动物小说品藏书系·霸王熊

沈石溪 / 主编
[加]欧内斯特·汤普森·西顿 / 著
邓超群 / 译

出版人:张 堃	策划统筹:陈明敏	责任编辑:宋丽玲
特约校对:詹丽冰	装帧设计:侯 建	责任印制:朱一之
封面绘图:张思阳	内文插图:樊翠翠 方 波	

出版发行:安徽少年儿童出版社　E-mail:ahse1984@163.com
　　　　　新浪官方微博:http://weibo.com/AHSECBS
　　　　　(安徽省合肥市翡翠路 1118 号出版传媒广场　邮政编码:230071)
　　　　　出版部电话:(0551)63533536(办公室)　63533533(传真)
　　　　　(如发现印装质量问题,影响阅读,请与本社出版部联系调换)
印　　制:阳谷毕升印务有限公司
开　　本:635mm×900mm　1/16　印　张:10.75　字　数:105 千字
版　　次:2017 年 3 月第 1 版　　2022 年 5 月第 15 次印刷

ISBN 978-7-5397-9471-6　　　　　　　　　　定价:35.00 元

动物小说的灵魂

沈石溪

20 世纪上半叶，西方生物学派生出一门新的边缘学科——动物行为学。传统生物学与动物行为学在学术观念、观察角度、研究手段和考察方法等方面都有显著差异。传统生物学注重被研究者的共性，热衷于调查物种的起源、种群分布的情况，给形形色色的动物分门别类，根据动物的生理构造和特化器官，确定该归于什么纲什么目什么类什么科什么属；分析动物的食谱，解释某种动物与某种环境的依存关系；观察动物的发情时间与交配方式，了解动物的繁殖机制等。动物行为学家对动物的社会结构、情感世界和个体生命的表现投注了更多的研究热情，透过动物特殊的行为方式，从生存利益这个角度，来寻找产生这些行为的原因；在研究动物行为的同时，其严肃理性的目光也注视着人类的行为，在动物行为与人类行为间勾画出一条清晰可辨的精神脉络，给人类以外的另类生命带去温暖的人文关怀。

我喜欢读动物行为学方面的书。每当偷得浮生半日闲，躺在摇椅上，捧一杯清茶，翻开奥地利动物学家、诺贝尔生理学或医学奖获得者、动物行为学创始人康拉德·劳伦兹的《攻击与人性》，或者浏览美国生物学家、动物行为学先锋斗士 E.O.

威尔逊的名著《昆虫社会》，或者阅读西方最负盛名的动物行为学家罗伯特·杰伊·罗素的力作《权力、性和爱的进化——狐猴的遗产》，总是深深地被大师们严谨的作风、渊博的知识、犀利的目光、翔实的资料、风趣的语言和无可辩驳的论点所折服，心灵上受到强烈震撼，精神上产生巨大共鸣。我相信，动物行为学具有无限广阔的发展前景，能找出人类行为发生偏差的终极原因，是医治人类社会种种弊端的灵丹妙药，为人类把握正确的进化方向提供了牢靠的坐标。

这也许是我个人的偏爱，有点言过其实了。可动物行为学家们通过长期观察动物生活得到的许多例证，确实对人类社会具有振聋发聩的作用。

例如，关于大熊猫为什么会濒临灭绝，一般认为有两个原因：一是人类大量开荒种地破坏了大熊猫的生存环境，二是大熊猫食谱单一，只吃箭竹，属于适应性较差的特化动物。但动物行为学家却另辟蹊径，经过大量调查研究后认为，大熊猫濒临灭绝除了环境和食谱外，还有另外两个原因：第一，大部分动物都有巢穴，尤其是母动物产崽期间都要寻找一个隐蔽安全的地方当作自己的窝，而大熊猫是典型的流浪者，头脑中没有"家"的概念，它们追随食物四处游荡，吃到哪里睡到哪里，产崽育幼期的母熊猫也同样如此，颠沛流离的生活对刚刚出生的幼崽来说显然是有害无益的，风餐露宿，再加上食肉兽的侵害，幼崽存活的概率很小；第二，丛林里凡生存能力不是特别强，而幼崽又须经过很长一段时间精心养育才能独立生活的动物，如狼、豺、狐、獾、鼠和鸟类等，大多实行双亲抚养制，雄性和雌性厮守在一起，共同养育后代，而大熊猫生性孤僻，雌雄间感情淡漠，发情时雌雄凑合在一块做一回露水夫妻，完事后各奔东西，谁也不认识谁，清一色的单亲家庭，母熊猫单独挑起抚养幼崽的重担，母熊猫通常一胎产双崽，但过的是没有窝巢的流浪日子，不可能一条胳膊抱一只幼崽走路，又没有配偶替它分担困难，只有在两只幼崽中挑选一只抱走，另一只幼崽就遗弃荒野了。单身母亲的日子过得很艰难，遭遇危险时找不到帮手，头疼脑热时得不到照应，稍有不慎，唯一的幼崽便会夭折，繁殖后代、延续生命的链条就此断裂。

反观人类社会，许多人不珍惜温馨的家，把家看作累赘，把家看作牢狱，弃家不顾、离家出走、天涯飘零，去过所谓的潇洒生活，面对大熊猫濒临灭绝的事实，难道还不该及时醒悟吗？再看如今社会上越来越多的单亲家庭独木难支的困窘，是不是也该从大熊猫生存路上艰难的步履中吸取某种教训？

在动物面前，人类常常犯自高自大的错误。人类有一种根深蒂固的偏见，总认为自己是高等生灵，动物都是低等生灵；自己是天地间的主宰，动物是任人摆布的畜生。不错，人类是地球上进化最快的一种动物，会直立行走，会使用语言文字，用勤劳的双手和智慧的头脑创造出了无与伦比的现代文明。然而，人是由动物进化来的。地球上存在生命已有数亿年时间，人类的历史不过几千年，人这种动物在进化成人以前曾经过漫长的动物阶段，动物的本能、本性在人类身上根深蒂固，人类不可能在几千年短暂的进化过程中就把在数亿年中养成的动物性荡涤干净。科学家证实，文化属性与生物属性是构成人的行为的两大要素。人的一部分行为受制于社会大文化，传统势力、伦理道德、风俗习惯、政治说教、宗教戒条、法律法规、民情民风、乡规民约不断修正和规范你的所作所为，迫使你去做这件事而不去做那件事，这就是人类行为的文化动因。人的另一部分行为受制于生物本能，贪婪好色、权欲熏心、天性好斗、自私自利、妄自尊大、好逸恶劳、贪图口福、嫉妒心理等负面因素又时时让你产生难以抑制的冲动，驱使你去做那件事而不去做这件事，这就是人类行为的生物动因。假如某人的行为既出于合理的生物本能，又符合社会大文化的要求，他就是一个真实自然的好人；假如某人的行为完全抑制生物本能去迎合社会大文化的苛刻要求，存天理灭人欲，他就是一个虚伪矫情的假人；假如某人的行为放纵生物本能，弃社会大文化于不顾，他就是一个凶残狠毒的坏人。有一个观点认为，人类一半是天使一半是魔鬼，讲的就是这个道理。

动物行为学剖析发生在动物身上有利于生存的、合理的、善的行为准则，让人类学习借鉴，变得更像天使；揭示发生在动物身上不利于生存的、荒谬的、恶的行为准则，让人类铭记教训，更自觉地远离魔鬼。

曾有某药物研究所做过这么一个令人发指——不——是令动物发指的实验：为了证实某种戒毒药物是否有效，人们给一只红面猴注射了毒品（实验本身就证明了人类对待动物是何等霸道、残忍和阴险。人类自己心灵扭曲得还不够，自己被海洛因毒害得还不够，还要把罪恶强加在无辜的动物身上）。两三次后，可怜的红面猴就成了吸毒者，一见到穿白大褂的管理员,立刻就会从铁笼子里伸出手臂,哀哀叫啸,恳求人们替它在静脉血管上打针。倘若人们不满足它的要求,它就会用自己的脑袋撞铁笼子,撞得头破血流也在所不惜;假如还不能达到目的,它就咬自己的爪子和身体,把自己咬得满身血污。一旦人们掏出注射器,它就会跪伏在地下,猴嘴从铁栏杆间伸出来,谄媚地亲吻管理员的裤腿和鞋。过去它在动物园生活时曾被热水瓶里的开水烫过一下,由于条件反射,平时最怕看见热水瓶了,远远看见有人提着热水瓶走过来便会吓得躲起来。有一次它毒瘾发作,手臂从笼子里伸出来,工作人员提着热水瓶来吓唬它,它竟然无动于衷,将开水淋在它的手臂上它也不肯把手臂缩回去。这只雄红面猴被买来做实验品前,曾与一只雌红面猴相好。据动物园饲养员介绍,这对红面猴青梅竹马、卿卿我我,感情很甜蜜。饲养员把那只雌红面猴牵了来,把雌雄两只猴子关进同一只铁笼子,希望能由此减弱雄红面猴对毒品的过分依赖。它们分开也不过二十来天,天涯苦相思,意外又重逢,正所谓"小别胜新婚",那雌红面猴见到雄红面猴,激动得浑身颤抖,恨不得立刻与之紧紧拥在一起,但雄红面猴却面无表情,冷冷地瞥了对方一眼,就像看到一只陌生猴一样没有任何反应。过了一会儿,雄红面猴毒瘾上来了,哈欠连天,鼻涕口水滴滴答答,抓住铁栏杆使劲摇晃,发出哀叫声。管理员从甬道走过来,雄红面猴迫不及待地将手臂从铁笼子里伸去。雌红面猴出于好奇,也趴在笼壁上看热闹。雄红面猴大概以为雌红面猴要同自己争抢毒品,勃然大怒,揪住雌红面猴,穷凶极恶地大打出手,下手比打冤家还狠,啃下一口口猴毛,抓出一道道血痕。要不是管理员闻讯赶来，打开铁门救出遍体鳞伤的雌红面猴，后果不堪设想。雄红面猴被人类强行注射毒品后的行为表现，与人类社会的瘾君子如出一辙，丝毫没有区别，同样丧失理智、丧失人格、丧失自尊，感情冷漠，道德沦丧，成为一具地地道道的行尸走肉。

实验的结果颇出人意料又耐人寻味，戒毒药物也不起什么作用。由于过量注射海洛因，雄红面猴奄奄一息，整整两天不吃不喝，有气无力地躺在地上，眼皮耷拉，连叫都叫不出声了，只有那条布满针眼的手臂还顽强地伸出铁笼子，手掌朝上，瑟瑟发抖地做乞讨状。药物研究所决定给它注射最后一针大剂量毒品，减少它临终前的痛苦，让它在虚幻的快感中结束生命，也算是人类的一种仁慈；同时也决定，将那只雌红面猴牵来继续做相同的实验。

拿着注射器的管理员和那只雌红面猴几乎同时来到铁笼子旁。雄红面猴混浊的眼光落在雌红面猴身上，就像快要燃尽的炭火被风一吹又短暂地烧旺，那双垂死的眼睛里骤然发出一道骇人的光芒。就在管理员的针头快要刺进雌红面猴静脉血管的那一瞬间，雄红面猴奇迹般地"复活"了，它伸出铁笼子的前爪突然抓住管理员的手腕，把那手腕拖进铁笼子里去，张开嘴，一口咬住管理员的手掌。管理员撕心裂肺地惨叫起来，那只灌满毒品的注射器掉在地上，摔得粉碎。人们赶紧来帮管理员，七手八脚地强行将猴嘴撬开。雄红面猴已经气绝身亡，那双猴眼却还瞪得溜圆，一副满腔怨恨、死不瞑目的可怕模样。雄红面猴在生命的最后一刻幡然醒悟，天良发现，为了抗议人类的暴行，也为了不让自己所爱的雌红面猴步自己的后尘，做出了一只垂死的猴子所能做出的反抗行为。较之人类社会那些执迷不悟、心甘情愿地在毒品的泥潭里越陷越深的瘾君子和那些为了自己发财致富而不惜将千家万户推入"火坑"的毒贩子，雄红面猴似乎更配"人"这个高贵的称呼。

人和动物之间并不存在不可逾越的鸿沟，人和动物之间的差别也并没有我们想象的那么大。在某些领域，人和动物的差距是微乎其微的，仅仅隔着一根头发丝的距离。稍有不慎，人就有可能变得像动物一样，甚至还不如动物。

我们只要用心去观察，就不难发现，在情感世界里，在生死抉择关头，许多动物所表现出来的忠贞和勇敢，常常令我们人类汗颜，让我们自愧弗如。

这就是动物小说的灵魂，这就是动物小说能超越时间和空间，为世界各地不同民族、不同肤色的一代又一代读者所喜爱的原因。

是为序。

❧ 目　　录 ❧

霸王熊

第一章

　　绵延起伏的塞拉斯山脉深处高高地耸立着一座山峰——塔拉克山。它的海拔足有三千米高，山势险峻，登临山顶俯瞰：北面是波光荡漾的太浩湖，它的湖面宽阔，蓝绿色的湖水犹如晶莹剔透的翡翠；西北方，越过一片松海，沙士达雪山与它遥相呼应。两处都有奇妙的色彩和景象：有像桅杆一样装饰着"珠宝"的松树，有被佛教徒视为圣水的潺潺溪流，也有阿拉伯人顶礼膜拜的起伏山峦。

　　但是在猎人兰·凯利眼中，这一切早已习以为常。童年的欢乐和生命的辉煌已然逝去，生活的磨砺让他感觉到自己的渺小与卑微。既然放眼都是草地，那么何必还要珍视草地？既然空气无处不在，那么何必还要珍惜空气？既然所有的生灵都靠杀戮来生存，那么又何必要珍爱生命呢？狩猎是他生活的全部，他每天都在与动物展开激烈的角逐。他感官敏锐，但吸引他的只有猎物。猎人的特性体现在他皮质的衣衫上，展现在他黄褐色的面容上，显露在他强健的体魄上，闪现在他敏锐的眼神里。

猎物在经过格拉尼特峰时或许不会留下脚印，但是在草地上总会留下痕迹。猎人兰·凯利深知这一点。即使再不起眼的痕迹也不会逃过他的眼睛。

很快，兰·凯利就发现了一个脚印和一些更小的痕迹。他马上意识到那是一只大熊和两只小熊，而且断定它们就在离他不远的地方，因为脚印处的青草还是弯曲的。兰·凯利走上小路，骑上那匹打猎用的马驹。小马驹喘着粗气，它很紧张，因为它也意识到一个棕熊家族就在附近。他们来到了一片草地，这里通向一片开阔的斜坡。兰在距离斜坡六七米的地方轻轻地下了马，扔掉缰绳。马儿也非常明白，主人是要让它待在原地。兰·凯利拿起步枪，爬上斜坡。到了坡顶，他变得更加小心翼翼，他很快就发现了一只大棕熊和两只小熊崽。

大棕熊正躺在地上，距离猎人大约五十米。对兰来说，这个距离超出了有效的射程，但他依然瞄准大棕熊的肩膀开了一枪。这一枪射中了，但棕熊只受了皮肉伤。它迅速跳起，愤怒地向兰·凯利冲过来。此时，兰·凯利距离棕熊有五十米，距离马驹只有十五米，他急忙向马驹跑去，可他还没在马背上坐稳，棕熊就已经奔到了近前。大棕熊几乎和猎人的马并排着跑了约一百米，并且不断跃起挥动熊爪拍向兰，每次都差一点就打到他，兰·凯利的马也惊恐万分，拼命奔逃。

庆幸的是，大棕熊不能长距离地快速奔跑，随着猎人的马全速奔跑，这只毛发浓密的熊妈妈落在了马后面。最终它放弃追逐，回到自己的幼崽身边去了。

它是一只不同寻常的老熊，胸部有一大块白斑，而脸颊和肩膀到其他部位则渐变为棕色。正是凭着这点，兰·凯利记住了它，并称它为斑熊。那次它几乎伤到了兰·凯利，兰·凯利相信它对自己是怀着刻骨仇恨的。同时他也相信这只棕熊终将成为自己的猎物。

一星期后，兰·凯利的机会来了。这里有一个小而深的山谷，兰·凯利称它为袖珍山谷，两侧的崖壁大多数地方都是陡峭的岩石。经过峡谷边缘的时候，他看到远处那头棕熊正带着它的两个棕色幼崽，跨过一堆耸起的乱石往溪边走去。就在棕熊停下来在清澈的溪边喝水时，兰开枪了。一听到枪响，棕熊立即转身扑到两只幼崽身边，它用熊掌拍打幼崽，逼迫着它们爬上了树。这时，兰·凯利射出的第二枪打中了它。大熊迅速地冲回到乱石堆那里，它清醒地意识到自己所处的险境，决心干掉那个

敌人。斑熊受伤又恼火,它喘着粗气冲上乱石堆顶时,脑袋又受到致命一击,滚到袖珍峡谷的谷底,终于死了。兰·凯利等了一会儿,确认棕熊死了之后,走到谷底的棕熊尸体前又补了一枪;然后将子弹重新上膛,小心翼翼地走到熊崽们藏身的那棵树下,它们还在那里。当他靠近幼崽的时候,它们紧张而仇恨地怒视着猎人。兰·凯利开始往树上爬,熊崽们害怕地爬得更高了。一只熊崽发出了凄惨的呜呜声,另一只则愤怒地咆哮着,猎人靠得越近,它们叫得越厉害。

兰·凯利拿出一根结实的绳子,逐个捆住它们,把它们拽到地上。其中一只小熊冲向兰·凯利,虽然它只比猫大一点,但是如果兰·凯利没有用手中的棍子挡开它的话,愤怒的小熊必然会对他造成严重的伤害。

把小熊绑在一根粗壮的树枝上后,他从马背上拿来粮食袋,把熊崽们扔进袋子里,骑上马,带着熊崽回到自己的棚屋。他给两只熊崽都套上项圈,再拴根绳子绑在柱子上。小熊有时会爬到树桩上哀嚎或咆哮。

最初几天,幼崽有被勒死或饿死的危险。不过后来兰·凯利诱导着让它们喝些牛奶。那些奶是很不体面地从一只用套索套来的奶牛那里获得的。又过了一个星期,它们似乎心甘情愿地接受了被俘的事实,当它们再想要进食或喝水时,都会清楚地通知猎人。

　　兰·凯利的棚屋门前有两条小溪潺潺流过，一直流到山下稍远一些的地方,溪水渐渐变宽、变深。随后两条小溪又渐渐汇合，穿过一片树林，在阳光下欢快地流淌着。有时小溪被一些小水坝挡住前行的方向，但随后溪水又漫过小水坝，一刻不停地哗哗前行，一直流向那遥远的地方。

第二章

　　兰·凯利给两只幼崽取名为杰克和吉尔。吉尔总是带着愤怒的坏情绪，从来就没打算改变猎人对它的最初印象——脾气坏。每当给它们喂食的时候，兰·凯利刚刚走近，它就会扯着绳子跑远或者爬到树桩顶上，要么大声咆哮，要么生气地沉默着坐在那里；相比之下，杰克则乖巧得很，它会迅速地爬下树桩，扯着绳子来迎接主人，它呜呜地叫着，吃相一点也谈不上文雅，会一口气吃光所有的食物。杰克极具幽默感，总是能以非常独特的方式博得兰·凯利的好感。见到它，那些认为动物没有幽默感的人也会为自己的浅薄认识而自感惭愧。不到一个月，杰克已经变得相当温顺。兰·凯利解开了拴着它的绳子，让它自由活动。杰克像一条小狗一样跟着主人，它的恶作剧和滑稽可笑的行为为兰·凯利的生活带来了快乐。兰·凯利开始把杰克当作自己在山上不可多得的朋友。

离兰·凯利的窝棚不远，是一片草地。兰·凯利每年都会去那里割下足够多的干草，以使他的两匹小马能够顺利过冬。今年割干草的时候，杰克每天都陪伴在兰·凯利的左右。它要么在危险又呼呼作响的镰刀旁跑来跑去，要么在草堆旁蜷作一团，一动不动地躺上个把小时尽职尽责地保卫干草，防止地鼠或者金花鼠这类讨厌的家伙来糟蹋干草。

每当兰·凯利发现一个大的黄蜂巢时，最有趣的事情就发生了。杰克最喜欢吃蜂蜜，自然知道蜂巢是什么样的，因此每当听到主人喊道："蜂蜜！杰克，蜂蜜！"它都会憨态可掬地扭动着屁股急急忙忙赶到那里，小鼻头向上一耸，表现出无比的快乐。当然，杰克知道蜜蜂有蜇针，所以总是小心翼翼地靠近蜂巢。它会看准机会，敏捷地用爪子拍击蜜蜂，蜜蜂一个接一个地被碾死，然后杰克会把鼻子小心地靠近蜂巢，卖力地嗅着，试图探明蜂巢内的情况。它会用爪子拨动蜂巢，直到把蜂巢内的最后一只蜜蜂杀死。在把十几只或者更多的蜜蜂杀死之后，杰克会仔细地挖掘蜂巢，先吃蜂蜜，再吃蛴螬和蜂蜡，最后才吃掉所有它杀死的蜜蜂。它就像是一头站在饲料槽旁的小猪，嘴里咯吱咯吱地嚼着。它那长长的红舌头伸缩自如，一股脑地将那些蜜蜂卷进它贪婪的胃里。

离兰·凯利最近的邻居是包拉米，他以前是位牧羊人，现在是探矿的矿工。他和他的狗住在距离兰·凯利约1600米的棚屋里。包拉米见过杰克"吃蜂巢"的表演。有一天他来到兰·凯利住的棚屋前，大声喊道："兰，带杰克到这里来，我们来找点儿乐子。"包拉米带领大家顺着溪流走进树林里。兰·凯利跟在包拉米身后，杰克摇摇摆摆地跟在兰·凯利的后面，还时不时地嗅一下兰的脚跟，以确保自己没有跟错人。

"那里，杰克，蜂蜜！蜂蜜！"包拉米指着树上一个巨大的黄蜂巢喊道。杰克把头歪向一边，鼻子朝另一边抽动着。那些飞来飞去的小东西看起来像是蜜蜂，但它以前从未在这样的地方见过蜜蜂，也没有见过这么奇形怪状的蜂巢。

但是杰克仍旧爬上了树干。两个人等待着，兰还在犹豫是否应该让他的宠物闯进如此危险的地方，但包拉米坚持让杰克这么做，他觉得这事儿足够可乐。杰克爬上巢穴所在的树枝，那树枝倾斜着横亘在平静的水面上。杰克小心翼翼地靠近，它从来没有见过这样的蜂巢，那气味也不太对头。它又前进了一步——好多蜜蜂呀；它又迈进了一步——毫无疑问那是蜜蜂。它小心翼翼地挪了一小步——有蜜蜂就代表着有蜂蜜；它继续朝蜂巢挪动了一小步——它离蜂巢只有一米的距离了。蜜蜂愤怒地嗡嗡叫着，吓得杰克向后退了几步。两个男人咯咯地笑了，包拉米依旧轻声地诱骗它："蜂蜜，杰克，蜂蜜！"

小熊向前移动的速度很慢。因为心存疑虑，所以它并没有突然采取行动。虽然它也很着急，但是仍然耐心地等到整个蜂群重返巢穴。杰克把它的鼻子向上耸耸，轻轻地又向蜂巢移动了一点点，一直移动到那决定成败的蜂巢前。它迅速地伸出一只前爪，用厚厚的肉垫堵住巢穴孔，用另一只前爪抓住了蜂巢，从树枝上一跃而起，抱着整个蜂巢一头扎进下面的水池里。一碰到水，它就用后脚猛踹蜂窝，把它蹬成碎片，随后它丢下巢穴，游上岸来，蜂巢的碎片顺流而下。杰克沿着河岸奔跑，直到看见蜂巢搁浅在一个浅滩。蜂巢已经被水冲得七零八落，对杰克来说再无危险可言。杰克跳入水中，带着战利品回岸边。这里没有蜂蜜，这的确令它失望，但里面有许多的白蛴螬——几乎和蜂蜜一样好吃。杰克吃着吃着，直到它的小肚子看起来像一个充了气的皮球。

"怎么样？"兰·凯利笑着说。

"小家伙真棒！"包拉米一边说着，一边做了个鬼脸。

第三章

　　如今的杰克已经成长为一只健壮的小熊崽，即使要去到远处，比如包拉米的棚屋，它也会跟随着兰·凯利。有一天，在包拉米家，兰·凯利看着在地上打滚撒欢的杰克若有所思地说："我真怕有人会碰到它。它可是野生的熊，猎人若是发现了它，准会朝它射击的。"

　　"那你为什么不用羊环在它耳边做个标记呢？"包拉米建议。这的确是个不错的主意，尽管这违背了杰克的意愿，但兰·凯利还是在它的耳朵上打了孔，给它穿上了一对新羊环。带上耳环的杰克看上去就像是获奖的公羊。杰克可不会去想兰·凯利的良苦用心，只是感到这耳环让自己十分不舒服。杰克与耳环打了好几天架。直到有一天，当它拖着卡在左耳环的树枝回家时，兰·凯利才不耐烦地摘掉了那对羊环。

在包拉米家，杰克认识了两个新"朋友"：一个是脾气暴躁、恃强凌弱的老山羊，另一个是包拉米的狗。前者激发了杰克后来对羊的持久敌意，后者也令杰克避之不及。这是一条令人讨厌的、总是狂躁地扯着脖子乱叫的恶狗。最可恶的是，这条狗总是把咬杰克的脚后跟当成最大的乐趣。每次咬过之后，它都马上跳开。这种恶作剧可以看作是玩笑，但可恶的是，这家伙完全不知道什么时候停下来，它对此乐此不疲。杰克曾经两次到包拉米家做客，它总是被这只专横的小狗戏弄。倘若杰克能抓到它，一定会给它点颜色看看，但让杰克懊恼的是，自己的速度不够快。惹不起躲得起，杰克唯一的避难所就是树。很快杰克就发现，越是远离包拉米的家，它越是快乐。此后，每当兰·凯利要去旷工包拉米的小屋时，杰克都看着他摇摇头，像是说："我不想去，谢谢你的邀请！"随后转身回家自己玩去了。

然而那个讨厌的小狗常常跟包拉米一起来兰·凯利的小屋，依然以戏弄杰克为乐。小狗认为这种追赶非常有趣，无论何时它想找乐子了，它就来找杰克，导致杰克一直都害怕这条黄色的劣狗。

烈日炎炎的一天，兰·凯利和包拉米这两个男人正站在兰·凯利的屋门前抽烟。这时，那条讨厌的小狗又把杰克赶到了一棵树上，而自己则在树荫下伸展四肢，准备愉快地午睡。小狗开始打盹，暂时遗忘了树上的杰克。刚开始，杰克一直很安静地蹲坐在树枝上，随后它棕色的眼睛闪了闪，紧盯着那只可恶的狗，它既不能战胜也摆脱不了这可恶的家伙，突然，一个想法在杰克的小脑袋里萌生。它开始慢慢地、悄无声息地向树枝下端移动，一直移动到它敌人的正上方。小狗依然睡着，四条腿不时就动弹一下，似乎在梦里仍在追逐杰克，或者更有可能是在折磨这只可怜的小熊崽。当然，杰克不会想到这些，它只想教训教训这可恶的家伙，现在正是报仇的好机会。它小心翼翼地瞄准目标，从树枝上猛地跳下来，刚好落在狗的肋骨上。小狗猛地从疼痛中醒来，但连吭都

没有吭一声，因为它的身体被杰克压得喘不过气来。虽然没有被杰克压碎骨头，但这突然的一击让它彻底蒙了，竟然不知道反抗，而杰克则趁势在它的身体上痛痛快快地抓挠一番，爪子上还挂着一点抓下来的小狗的皮肉。

很显然这是一次成功的偷袭。此后，当小狗再来兰·凯利家，或当杰克冒险跟随主人去包拉米家时，杰克都会耍些鬼点子——"先发制人"的策略让它获得了不少成就感。很快，小狗就对戏弄杰克失去了兴趣，因为它占不到任何便宜。

第四章

　　杰克过得很开心,吉尔则生活得很郁闷。杰克被宠爱着,并且充分地享有自由,所以更加开心;吉尔则经常因为自己的坏脾气遭殴打,又被链子拴着,所以更加郁闷。

　　有一天,兰·凯利离开家,吉尔获得了自由,它可以跟杰克一起玩耍了。它们闯入了小仓库,在粮食的包围圈里肆意地挥霍。它们满仓库地搜罗各种最为可口的上等食材,将肚子撑得圆溜溜的,当然,那些常见的食材,像面粉、黄油和发酵粉之类的,它们也不放过,一定要糟蹋一番。它们可不去想这些东西是兰·凯利骑着马要跑80公里才运到这里的。它们把所有的食材折腾得满地都是,还在地上打滚撒欢。杰克撕开了最后一袋面粉,吉尔则拿着采矿用的炸药包翻过来倒过去地琢磨，可仍然搞不懂这到底是什么东西。

突然，门口变得昏暗，兰·凯利站在那里，一脸的惊讶和愤怒。小熊们虽然不知兰·凯利为什么这样，但它们意识到兰·凯利发怒了，并且意识到主人的怒气是因为它们犯的错误。它们感觉不妙，吉尔阴沉而闷不作声地溜到一个黑暗的角落里，在那里，它瞪圆自己的小眼睛极不友好地看着兰·凯利。杰克则把头歪向一边，似乎忘记了它刚才所有的不端行为，发出高兴的咕噜声，耸动着鼻子跑到主人跟前，它抬起那黏糊糊、油腻腻的手臂伸向兰·凯利，那乖巧的样子就像是在告诉兰·凯利，自己就是世界上最讨人喜欢的小熊。

唉，如果是你，面对这种情形的时候会做何反应呢？当厚脸皮的杰克直起身子将两条前腿搭在兰·凯利的腿上时，兰·凯利满脸的怒容渐渐褪去。"你个捣蛋鬼！"兰·凯利咆哮着，"我真想拧断你那该死的脖子！"当然，他不会这么做的。他双手举起这只浑身脏兮兮、黏糊糊的小熊崽，像往常一样爱抚它。而吉尔呢，则面临最坏的处境——兰·凯利把所有的不满全发泄到它身上。吉尔被两根绳子绑在了柱子上，这样它就没机会再搞这种恶作剧了。其实，它更应该得到原谅，因为它很少得到训练和关爱。如果是你，是不是也会像兰·凯利这么做呢？

其实说起来，那天兰·凯利的运气的确很差。早上他从马背上不小心摔下来，步枪被摔坏了。回到家，又发现食物被两只小熊糟蹋得乱七八糟，真是糟糕的一天。

傍晚，一个拖着行李的陌生人来到兰·凯利住的棚屋，晚上就住在那里。这一晚，杰克依然兴趣十足，要尽各种花招逗得他们很开心。第二天早上，陌生人准备离开时，他说："嘿，伙计，我想给你25美金买下这对熊崽。"兰·凯利犹豫了一下，想到了浪费的食材、空空的钱包以及摔坏的破步枪，咬咬牙回答说："50美金。"

"成交！"

交易达成。十五分钟后，陌生人将两只小熊放到马两侧的肩筐里准备离开。吉尔沉默地板着脸，杰克一直呜呜地发着牢骚，这一切都沉重地打击着兰·凯利的内心。充满内疚与自责的兰·凯利自我安慰道："我想它们会有更好的出路，我的储物室可再也经不起被那样折腾了。"很快，陌生人就带着他的三匹马和两只小熊消失在松林中。

"嗯，我很高兴把它们送走了。"兰·凯利很宽慰地想，尽管他很清楚自己已经有点后悔了。他开始收拾棚屋。他去到仓库，把散落在地上的食物收集起来。他经过杰克以前睡觉的箱子，那里现在空荡荡的。他注意到杰克以前进屋前用爪子刮门的地方，他想自己再也不会听

霸
王
熊

到这声音了，他用许多脏话告诉自己："我应该高高兴兴的。"在接下来的一个多小时里，他到处转来转去，让自己忙碌着，最后他突然跳到马背上，疯狂地沿着陌生人留下来的足迹追去。他勒紧缰绳让马奋力急追。两小时后，他在河口追上了将要搭乘火车的陌生人。

"嘿，朋友，我反悔了。我不应该卖掉这两只小熊崽的，至少不应该卖掉杰克。现在我……我想取消这档交易，把钱退还给你。"

"我对这个交易很满意。"陌生人冷冷地说道。

"嗯，但我不这么想，"兰·凯利激动地说，"我想取消。"

"如果这就是你来的目的，那么你这是在浪费时间。"陌生人回答道。

"那我们就看看它愿意跟随谁。"兰·凯利把金币丢在那个陌生人身上，径直走到肩筐前。一听到主人熟悉的声音，杰克立即高兴得呜呜叫起来。

"举起手来。"陌生人用简短而尖锐的语气说道，兰·凯利转过身去，发现自己正被一只 45 口径的海军柯尔特自动手枪指着。

"你赢了，朋友。"兰·凯利说，"我没有枪，但我希望你能知道，在这里，这只小熊是我唯一的伙伴，我不能离开它，我们彼此喜欢。现在，看在我和小熊崽的交情上，请您拿回这五十美元，你把杰克给我，吉尔留给你。"

"如果你有五百美金，就能得到它；如果没有，请径直走到那棵树那儿，不要把手放下来，也不要转身，否则我会开枪，照我说的做！"

兰·凯利反悔在先，况且此时的他没有武器，他必须听从陌生人的命令。在左轮手枪的枪口下，他一直向前走到远处的树林里。小杰克痛苦地用熊掌捶打着耳朵，呜呜叫着，但它左右不了眼前的一切。陌生人继续带着它赶路。

那时候，许多人都不惜花费上千美元来捕捉野生动物，并认为那很值得。可是用不了多久，他们就对饲养野生动物失去了兴趣，愿意半价出手，只要能拿回四分之一的钱也会把它们卖掉，甚至到最后干脆直接扔掉。这个陌生人也是一样，一开始，他非常高兴能拥有这对滑稽的熊崽，也细心地照顾它们。日子一天天过去，对他来说，照顾这两只小熊崽变得越来越麻烦，毫无趣味可言。大概一周后，在贝尔农场，农场酒店的老板愿意用一匹马换这对小熊，他立马就答应了，熊崽们劳累的旅途终于结束了。

酒店老板既不温和，也没教养，更谈不上有耐心。他把杰克从肩筐中取出时，杰克依然表现出它的乖巧，它知道顺从主人可以给自己带来好处。但是当酒店老板把暴躁的小吉尔从筐中取出，准备套上项圈时，一幕极不愉快的场面出现了——小吉尔狂怒不已，根本无法给它带上项圈。恼怒的酒店老板把吉尔的两只爪子吊在绳索上整整两个星期。而乖巧的杰克，处境的确要好一些，它被拴在一个树桩上，可以在农场院子里的一块区域内自由活动。

第五章

在接下来的日子里，杰克几乎没有什么事可以做。在牧场里，它只能以那根柱子为中心，在周围六七平方米的范围内活动。远处起伏的山峦，近处的松树林以及农场中的房舍，给杰克已经渐渐暗淡的眼神送来些许的光芒。马和人也在它的接触范围之外，遥不可及。

杰克被链子拴着，慢慢长大了，曾经让它可以显示价值的搞笑本事也被人们遗忘了。

起初，一个黄油桶就可以给它提供宽敞的栖身之所，但随着它不断长大，它的栖身之所逐步变成钉子桶、面粉桶、油桶，现在则是一个看上去很大、很稳固的大桶，但它尽量离那个又大又圆的木桶远些，因为它讨厌一直被局促在那么小的空间里。

　　农场酒店坐落在塞拉斯山脚，槲树果园延伸到萨克拉门托的金色平原。神奇的大自然赐予了这山坳许多美妙的礼物。山前的空地上是烂漫的山花，累累的硕果以及丰茂的牧草、潺潺的溪流，明媚的阳光下树影婆娑，远处郁郁葱葱的松树林一直蔓延到高耸入云的塞拉斯山的半山腰。牧场的房子后面有一条从深山峡谷奔流而下的河流，尽管被水闸和水坝隔断开来，但仍然奔流向前，河流发源于险峻的老塔拉克山。

　　这里的一切都生机盎然，然而在农场酒店却住着一群卑鄙龌龊的人。如果杰克有思想的话，也必然会鄙视这群聚集在农场酒店的人，因为它时时都能看到他们的所作所为。

　　失去自由的杰克，生活中毫无快乐可言。作为一只还未成年的棕熊，它唯一的娱乐方式就是喝啤酒了。它非常喜欢啤酒，酒馆里一些游手好闲的人经常会给杰克一瓶啤酒，看它如何巧妙地扯断瓶上的线，弄出软木塞。只要开启瓶盖，它就会用两只爪子抱起酒瓶，直到把最后一滴酒喝完。

　　杰克单调的生活有时会有点波澜——偶尔跟狗打一架。挑衅者经常会带来他们的爱犬，在这只熊崽身上试试他们爱犬的战斗力。在杰克学会如何对付他们之前，对人和狗来说，这似乎是一项非常愉快的运动。起初杰克会愤怒地冲向最近的狗，直到身后的链子被猛地一拉，让它的后背完全暴露在猎狗的攻击之下。

　　一两个月之后，杰克改变了战术。它学会靠着大桶坐着，冷静地看着周围狂吠不休的猎狗，无视它们的存在，不管它们靠得多近，杰克也一动不动，直到它们汇集到一起时，杰克才突然发动全面进攻，后面的狗自然是最后一个跳开，这就阻碍了冲在前面的狗后撤，杰克会趁机"擒获"它们中的一只或者多只。狗的主人见自己的狗伤亡惨重，败下阵来，只好放弃了这一游戏。

　　到杰克十八个月大时，它已经长成一只半大的棕熊。这时，一件事情的发生让杰克获得了"人类最危险的敌人"的恶名。那次，它一巴掌把一个喝醉的傻瓜打成残疾，还差点要了他的命——谁叫他自告奋勇要与杰克决斗呢！

　　而另一件事的发生，又让这里的人们琢磨不透。那天，一个名叫法考的牧羊人跑到这里闲逛，他没有什么恶意，但也没什么能耐。他喝得酩酊大醉，得罪了这里一些脾气暴躁的人。法考没有枪，所以那些被他得罪的人决定用棍子教训他一顿，而不是像以往那样用枪把他射得千疮百孔——这在他们看来还是比较得体和公平的做法。追赶法考的这些人也是一些醉鬼，他们始终不想结束这场恶作剧。最后，牧羊人法考逃到黑乎乎的院子里去了。这些家伙倒也聪明，他们寻找法考时，总是尽量避开杰克。他们没有找到法考，随后他们拿着火把又搜寻了一番，确信牧羊人并不在院子里，他们猜想法考也许掉进谷仓后面的河里淹死了。在讲了几个粗俗的笑话之后，这群人回到屋里。经过棕熊杰克身边时，这群人手里的灯笼在棕熊的眼中激起了一道光。

早晨，厨师开始了他忙碌的一天。他突然听到院子里有奇怪的声音，像是从棕熊的窝里传来的。一个昏昏欲睡的声音说："嘿，你再往边上去一点，乖乖地躺好。"接着便是一阵低声的牢骚过后的呼噜声。

厨子靠近了一点，想搞清楚究竟发生了什么。传到他耳里的依然是同一个声音："天哪，谁在挤我？"声音的主人将胳膊甩了几下，继而得到的回答像是恼怒的熊发出的咆哮声。

太阳升起来了，人们惊讶地发现那正是失踪的牧羊人，原来他在熊窝里，在那个靠近死亡的洞穴里非常平静地睡着呢。天哪，这真叫人难以置信！

人们试图把熊窝里的牧羊人弄出来，但杰克的举动清楚地表明，他们绝对不可以那样做。怒气冲冲的杰克随时准备着攻击任何冒险靠近的人。人们最终放弃了努力，杰克则横躺在门前，为熟睡的牧羊人站岗。最后牧羊人自己醒了过来，他用胳膊肘撑起身子，突然发现自己睡在年轻棕熊的领地里，马上吓得要命。他小心翼翼地挪到"监护者"的身后，甚至连声"谢谢"都没说就飞快地逃走了。

快临近七月四日美国独立日了，酒店老板已经厌烦了在院子里养着这么一个大块头的棕熊。他对外宣布，他将用一场大型的决斗来庆祝独立日——一头精挑细选的好斗公牛与一只体型庞大无比凶猛的加利福尼亚棕熊进行决斗。这个消息很快传开。牛棚的屋顶上是五十美分的座位；装干草的马车装了半车草，被推到畜栏旁边，这里的座位视角极佳，按每座一美元出售。老畜栏修好了，新柱子也立起来了。酒店老板早晨要做的第一件事就是把一只脾气暴躁的公牛拴在柱子上、折磨它，直到它气得发疯，变得极其危险。

就这样，杰克被用绳子捆得结结实实，然后丢进大木桶里。之后，人们解下绳子，连同它脖子上的项圈也拿掉了。人们觉得，这样一来，在它和那头公牛决斗完之后，就可以很容易地用绳子把它捆住。最后，人们又把桶盖钉上。

他们把装着杰克的大木桶滚到了畜栏门前，一切准备妥当。

牛仔们穿着最华丽的服饰从四面八方赶来，漂亮的女孩儿也愿意与他们为伴。农民和农场工人从五十里外的地方赶来欣赏公牛和熊的决斗。山上的矿工、墨西哥的牧民、普莱瑟维尔仓库的保管员、萨克拉门托的陌生人，城镇、乡村、山地和平原都有喜好热闹的人赶来一饱眼福。干草马车来得正好，另一辆也被当成座位卖了出去。畜棚屋顶上的座位已经被抢购一空。一根圆木被压得略吱吱响，让座位的价格也跌了一些，幸好一对夫妇修理好了支架才稳住了价格。所有的"角落"都塞满了人，人们期待着欣赏这场公牛与棕熊之间的大战。

牛仔们都把赌注压在公牛身上。"我告诉你，世界上没有任何东西能够战胜一头壮硕好斗的公牛。"他们自信满满地说。

但山里人仍然支持棕熊。"呸，牛对棕熊来说算哪根葱？我告诉你，我曾经看到棕熊用左爪把一匹马打下赫奇峡谷。我敢打赌，公牛永远不会出现在第二轮的比赛中。"

就这样，他们一边争论，一边打赌。丰满的女人们为了让自己看起来更加迷人，假惺惺地做出心惊胆战的各种姿态。"这种事太令人害怕了，简直让人紧张地喘不过气来，但愿不要上演令人震惊的血腥屠杀。"但实际上她们像男人一样对这次决斗充满期待，兴致极高。

一切准备就绪，酒店老板大声喊道："人都到齐了，放开棕熊，决斗开始！"

牧羊人法考设法在公牛尾巴上捆了一束丛林刺。这头体型巨大的公牛不断地甩动尾巴，结果抽打得自己身上生疼，到最后它变得暴跳如雷。

与此同时，杰克的大桶被到处滚动，直到它感到厌恶和愤怒。牧羊人法考听到命令，撬开了桶盖。桶底靠近栅栏，桶盖被拿开了。人们料想，现在的杰克一定会冲上前去，用爪子把牛抓成碎片，但它却一动不动。骚动而喧嚣的人群影响了它，它决定就待在木桶中不动。公牛的支持者们发出了嘲笑的叫喊声。公牛吼叫着、喷着响鼻向前冲，时不时停下来用蹄子扒着尘土。公牛把头扬得高高的，逐渐靠近，一直走到离棕熊的木桶不到三米的地方，从鼻子里喷出一口气来，转身跑向畜栏的另一端。现在轮到熊的支持者们欢呼雀跃了。

但人们想要看的是棕熊与公牛之间的血腥厮杀。牧羊人法考似乎忘了他欠棕熊的情——熊曾经救过他。他透过桶孔塞进去一包准备庆祝七月四日独立日用的爆竹。随着爆竹噼噼啪啪响起，杰克跳了起来，惊慌地从木桶里冲进了竞技场。公牛正以一个胜利者的姿态站在竞技场中间，但当它看到棕熊扑过来时，只是喷了两声响鼻，便在人们的欢呼声和嘘声中退到了它能退的最远的地方。

棕熊杰克最为擅长的两点就是它既能够根据情势迅速地制订行动计划，也能够精力充沛地执行计划。在公牛到达远处的畜栏之前，杰克就确定好了自己最佳的行动方向。它用敏锐的目光瞬间扫过围栏，找准了它最容易攀爬的地方，在那里有一根横梁。它立即行动，三秒钟后它就到达了那里，在两秒钟内越过了围栏，一秒钟后它已冲向了人群。人群乱作一团，纷纷散去，杰克凭借着自己强壮而灵巧的双腿，以最快的速度冲向山冈。妇女们尖叫着，男人们呼喊着，狗群狂吠着；拴在竞技场远处的马匹们也被棕熊惊扰得乱冲乱撞。棕熊一路狂奔，距离乱哄哄的竞技场越来越远。在人们试图骑上马去追赶棕熊之前，棕熊已经跳进河里，那湍急的水流是任何一条狗都没有胆量去面对的。

棕熊杰克一鼓作气，它游过急流，穿过橡树林，踏上崎岖的山路，很快就到达了树木丛生的山冈。一小时后，牧场的酒店、讨厌的铁链子、残酷野蛮的人类，都如云烟一般，被它向往的群山和河流隔断。杰克回到了溪水潺潺、湖水荡漾、崇山峻岭的出生地——塔拉山的松林。这个7月4日是光荣的一天，它是棕熊杰克自己的独立日！

第六章

　　一般来说，受伤的鹿会向山下逃，而被猎杀的棕熊则会向山上爬。杰克对这个地方根本不熟悉，但它知道要想摆脱那群可恶的暴徒的追捕，就必须循着最崎岖、最难行的路一直攀爬。

　　在接下来的几个小时里，杰克一刻不停地向上爬，虽然气喘吁吁，但依然匆匆赶路，直到平原在它的视野里消失。它在花岗岩、松树和浆果林中穿行，边走边用灵巧的爪子和舌头从低矮的树丛中将食物塞进嘴里。杰克不停地走着，一直到达一块坍塌的巨石那里才停下来。下午炙热的阳光直接命令它停下来休息。

　　当杰克醒来时，天已经黑了，但它不怕黑暗，反而是白天更让它担心。就像之前一样，它扭动着身子继续向山上爬去——它要远离那个危险的地方,越远越好。最后,杰克到达了塔拉克山的山顶——这里也是它的出生地。

杰克在母亲那里只获得了很少的训练,但它有许多本能,这与生俱来的本能在觅食方面给它帮了大忙,它的鼻子也是一个很好的助手。因此它能够顽强地生存下来,丛林生活的磨炼加快了它的成长。

杰克对形象和往事的记忆能力很差,但它对气味的记忆能力却极强。它已经忘记了包拉米的那条可恶的猎狗,但是猎狗的气味会立即勾起它旧日的感觉,让它心绪不宁。它忘记了那头暴躁的老山羊,但长着络腮胡须的山羊的气味会立即激起它心中的愤怒和仇恨。一天傍晚,吹来的山风中充满了浓浓的羊骚味,过去的生活似乎又回到了眼前。接连几个星期,杰克都一直用树根和浆果充饥,作为食肉动物,此刻它感受到了自己内心对于肉食的渴望。山羊的气味刺激了它的这种渴望,那渴望是如此强烈,强烈到不可遏制的地步。于是,杰克等到天黑后(聪明的熊不会白天出去)开始往山下走去。山羊的气味把它从山坡的松树林一直带到了开阔的岩石山谷。

在杰克到达山谷之前,它看到了一道奇怪的光闪过。它知道那是什么,它曾经看到过那些两条腿的动物把这种东西放在那有着邪恶气味和悲惨记忆的牧场附近，它对这光并不害怕。它悄无声息地从一块突出的岩石后面移到另一块岩石后面。它加快了速度，因为每迈出一步，山羊的气味就变得更加浓烈。到达火堆上方的一块岩石后，它开始四处寻找羊群。羊的气味很浓，发出一阵阵的恶臭，但是杰克仍然看不到羊群的踪影。在山谷里，它看到一片灰色的"水域"，似乎还倒映着天上的星星，但奇怪的是，那水面没有波纹，星光也不闪烁。从那里还不时传来咩咩的声音，一点也不像周围的湖泊发出的声音。

大部分"星星"聚集在火堆附近。杰克用爪子敲打身旁一个腐烂的树桩，去舔食上面的蚂蚁。它发现散落在地上的木屑所发出的磷光比那些"星星"更像星星。于是，杰克走得更近些。现在，连杰克昏暗的眼睛都能看到，那片巨大的灰色水域实际上是一群羊，"磷光斑点"就是它们的眼睛。先前它所看到的火堆附近的那根圆木或者说一段高低不平的河岸，其实是牧羊人和他的狗——都是令它反感的家伙。羊群离他们很远，杰克清楚当自己对付羊群时，牧羊人和狗对它不构成什么威胁。

杰克来到羊群附近，羊群被一圈低矮的树枝篱笆包围着。跟它朦胧记忆中的那只可怕的老山羊比起来，这些羊是多么小啊！饥饿的感觉和对肉食的渴望刺激着它，它把低矮的篱笆扒开，一下子冲进了羊群。羊群顿时乱作一团，伴着羊蹄发出的沙沙声和惊慌失措的咩咩声，它扑倒一只羊，叼起它，转身离开，迅速地往山上跑去。

牧羊人跳起来开枪。猎狗狂吠着跑到挤作一团的羊群那里。但杰克早已消失得无影无踪。牧羊人又开了两三枪才算作罢。

这是杰克抓到的第一只羊，但不是最后一只。从那时开始，当它想要吃羊——饥饿时经常会涌现这种想法——它知道只需沿着山脊走，直到它的鼻子说："拐弯，往下走！"它的目的就能达到。要知道，在熊的生活中，只要闻到猎物的气味即意味着食物到手，因为它们的战斗力保证所想即所得。

第七章

佩德罗和他的弟弟法考完全不是出于喜欢、只是为了谋生才成为牧羊人。他们不会挥舞着一个像权杖似的钩状物或者敲打着一面小手鼓走在羊群的前面来引导他们的追随者。他们总是用已经准备好的石块和棍棒来驱赶羊群。他们算不上真正的牧羊人，最多也就是羊群的看守者。他们不把羊群看成是他们喜欢或者喜欢他们的追随者。在他们看来，自己所看护的不过是一些四条腿的资产，每只羊都像是一美元的钞票。他们照看这些羊就像是生意人关注自己的现金一样，每当遇到突发状况之后或者放了一天的牧之后，他们总会数一数羊的数量。对任何人来说，数这三千只羊绝非易事，更何况是墨西哥牧羊人呢，但他们有一个简单的数羊方法。在一个普通的羊群中，差不多一百只羊中就有一只黑羊。所以每天佩德罗通过数三十只黑羊，对整个羊群的数量就有了粗略的估算。

第一天晚上,杰克杀了一只羊;第二天，杀了两只;第三天又杀了一只黑羊。当佩德罗发现羊群中只有 29 只黑羊时，他才知道羊的数量减少了——根据之前所设定的比例，一只黑羊丢失了,则意味着丢失了一百只羊。

"如果土地贫瘠，请另觅他所"——这是古老的智慧。佩德罗一边把口袋装满石头，一边抱怨自己把羊弄丢了。最后他把羊群赶出了这危险的地域——显然这里有偷猎羊的家伙。晚上，他发现了一个由石壁围住的峡谷——这是一道天然的畜栏屏障。在他和狗的驱赶下，散开的羊群像一大片云彩聚集起来，涌入了峡谷的缺口里。在入口处,佩德罗点起了火堆,大约十米开外就是陡峭的岩壁。

可怜的羊群用一整天的时间才走完这十里地的路程，而棕熊只需两个多小时就能走完。杰克的肉眼虽然不能看到羊群，但鼻子却可以闻到。现在杰克感到饥肠辘辘，非常想吃羊肉，它没费多大劲儿就追上了自己的猎物。虽然用晚餐的时间比平时晚了一点，但它的胃口却更好了。羊群中没有发出什么声音，佩德罗很快就睡着了。突然,狗的一声咆哮惊醒了他。他急忙起身，看到了一只令他毛骨悚然的怪兽——他从来都没有看过或想象过——一只站立起来的大熊近在咫尺，就像有十米高。牧羊犬吓得逃跑了，与佩德罗相比，它已经很勇敢了。佩德罗害怕得以至于都无法说出心中的祈祷："圣人啊，让这个大家伙吃掉羊群中的所有的黑羊，放过我这可怜的祈祷者吧！"他紧张得双手抱头，将身子埋得很低，以至于他永远都不可能知道自己所看到的庞然大物并非有十米高。那不过是两米多高的杰克透过火光将一格模糊的十米高的影子投到了光滑的岩壁上。绝望和恐惧令可怜的佩德罗趴在地上一动不动。

当他抬头时，熊已经不见了。黑夜中的羊群急速奔跑着，一部分羊窜出了山谷，一只普通大小的熊在后面追赶着。

佩德罗几个月以来都没有做祷告。但今晚他向神忏悔，要弥补所有的欠债，在天亮前多祷告几次来赎罪，以求能够找回自己丢失的羊。黎明时分，他让牧羊犬守着羊群，他自己则去寻找那些丢失的羊。他知道，白天几乎没什么危险，而且羊会更容易逃脱魔爪。他丢失了很多羊，因为他发现又有两只黑羊不见了。值得庆幸的是，根据地上的痕迹来看，羊群并没有散开。在荒原上，佩德罗循着痕迹跟了一二里地，到达了一个盒子状的小峡谷。

霸
王
熊

在那里，他终于找到了丢失的羊群，那些羊都在最高处的巨石和岩峰上休息。他为昨晚祷告产生的神效而高兴，但无论他怎么召唤，羊群都不愿意从那儿下来，这让佩德罗又无奈又心烦。好不容易他才让一两只羊走出峡谷，但它们好像是惧怕地上的什么东西又扭身跳了回来。佩德罗细细查看才发现，那里有一头棕熊刚刚留下的深深的脚印。虽然所有的羊都找到了，但他却无力将它们带回去。佩德罗开始替自己担心，他匆匆回到驻地的羊群那里。他现在的处境比以往任何时候都更加糟糕。普通大小的棕熊每天晚上吃一只羊；但这只却是一个怪物、一座熊山，仿佛一顿要吃四五十只羊。自己带着羊群贸然进入这只巨熊的领地，尽早离开才是上策。

可是天色已晚，羊儿们都累得走不动路了。于是，佩德罗做了一个不同寻常的决定：在峡谷入口处生了两堆大火，把床搭建在离地面五米高的树上。至于猎狗，它只能自己照顾自己了。

第八章

佩德罗知道，大熊应该正朝这里赶来，那个小山谷里的五十只羊都不够它开胃。他习惯性地往枪膛里装好子弹，然后爬到树上睡觉去了。虽然树上有很多不便，但通风却是极好的，佩德罗不禁打了一个寒战。他羡慕地低头看着自己的狗，那条狗正蜷缩在火堆旁。为了驱走内心的恐惧，他开始祈祷。他祈求圣徒能把大熊指引到邻居的羊群，并仔细默念出邻居的名字，避免出现什么差错。他尝试在祈祷中让自己入眠。他在教堂听布道时，这招很管用的。可现在为什么不管用了呢？令人害怕的午夜时分终于过去了，天空露出鱼肚白，黎明前的黑暗更令佩德罗紧张和绝望，他颤抖的齿间发出了一声长长的呻吟。狗突然跳了起来，疯狂地咆哮着，羊群也开始躁动不安。突然间，远处隐隐出现了一个巨大的黑色身影，受到惊吓的羊群开始胡冲乱撞。佩德罗抓起枪，准备射击，突然，他想到熊有十米高，而他睡觉的地方离地面却只有五米高——大熊可以轻而易举地吃掉他。只有疯子才会射击它，这无异于自寻死路。于是佩德罗低下头，把脸贴在树干上，嘴巴微张，向心中的神明祈祷，虽然以这样非常不敬的姿态祈祷有辱神明，但是自己的内心是真诚的！他祈求神的宽容和保佑能让那熊遗忘自己，走向别人的羊群。

早晨，他发现他的祈祷被神明接纳了。地上虽然有熊的足迹，但是黑羊的数量却没有变化。于是，佩德罗把兜里装满了石头，在驱赶羊群的时候，又开始了他一贯喋喋不休的唠叨。

"嘿，队长，"当狗停下来喝水时，佩德罗喊道，"把那些邪恶的害虫带回来。"他丢出一块石头，发出命令。狗即刻执行主人的命令，将这一大群烦人的、四蹄的"蝗虫"聚拢在一起向前赶路。佩德罗是如此心烦意乱，他感觉自己的境遇比这些"蝗虫"也好不到哪里去。

经过一片开阔地时，牧羊人的目光落在一个身影上——那个人坐在一块石头上。佩德罗好奇地注视着他，那个人向他点了一下头。佩德罗朝他所在的位置走了几步，坐了下来。那人走上前来，原来是猎人兰·凯利。

两个人都很乐意能有机会与陌生人沟通，从彼此那里获得一点新消息。他们谈论的内容包括羊毛的价格、牛和熊的那场决斗，而杀害了佩德罗的羊的那头怪熊成了最主要的话题。

"啊，可恶的熊！畜生！老兄，非常抱歉我这么粗鲁，但那是一只非常可怕的家伙。"

牧羊人开始详细描述那只熊有多么可怕，多么狡猾，它甚至划定了自己的羊圈。在他的描述里，那头怪物有十四五米那么高——它长得飞快，并且还在不停地长。

兰·凯利眨了眨眼睛，说："喂，佩德罗，我相信你，你曾经住的地方一定离哈萨亚帕很近吧？"

这话并不是说哈萨亚帕是一个巨熊的国度，而是暗指民间的一个说法——不管是谁，只要尝了哪怕仅一滴哈萨亚帕河的水，便永远都不会说真话了。研究过此事的科学家们断言，哈萨亚帕河与格兰德河都具有这种奇妙的特性。的确，所有墨西哥的河流及其支流、泉水、井水、池塘、湖泊和灌溉的沟渠都是如此，哈萨亚帕河是其中最为知名的。一个人沿着哈萨亚帕河走得越远，这种特性就越明显，佩德罗正来自上游河流。但他仍然以所有圣人的名义发誓说他讲述的故事是真的。他掏出一个小瓶子，里面塞满了石头，那是他查看被沙漠蚂蚁丢在小丘边的垃圾时捡到的。很显然，他发现自己掏错了瓶子，于是把瓶子塞回钱包，又拿出另外一个装着少量沙金的瓶子。这些沙金是他没有睡懒觉而又不需要照看羊群的时候收集到的。

"我敢打赌，我说的一字不假。"

黄金可是蛮有分量的赌注。

兰·凯利停顿了一会儿，说："我没有钱下那么大的赌注，佩德罗。但是为了瓶子里的金子，我可以杀死那只熊。"

"我同意，"牧羊人说道，"你先帮我一个忙，把巴克斯戴尔峡谷岩石上挨饿的羊群带回来。"

兰·凯利同意了这笔交易，墨西哥小伙的眼睛眨了眨。瓶子里的金末大概值 10 到 15 美元的样子，虽然数目并不大，却足以引诱猎人去捕杀那头棕熊——这正是佩德罗所需要的。佩德罗了解猎人，只要让他行动起来，钱都不是什么问题；如果兰·凯利是个农民，只要把他的手放在犁上，他无论如何都会把这块地耕完——他从来不走回头路。兰·凯利再次踏上了寻找棕熊杰克之路，那是他以前的伙伴，现在已经长大了，虽然他并不知道这一点。

猎人直奔巴克斯特峡谷，在那里，他发现了栖息在岩石高处的羊。在入口处，兰·凯利发现了两具羊的尸骸，看样子它们是最近被猎杀的，尸骸旁边是一只中等大小的熊的脚印。兰·凯利并没有看到所谓棕熊私建的羊圈——那是棕熊划定的一条看不到的界限——羊群被囚禁在这里，以便随时满足棕熊的食欲。羊傻傻地站在高高的石头上，很显然，它们宁愿饿死，也不愿意下来。兰·凯利把其中一只羊拽下来，羊又立马爬了回去。兰·凯利意识到情况不妙，于是他在峡谷外面竖起了一圈栅栏，把这些愚钝的羊一只一只拉下来，带离这死亡的地狱，关进栅栏里，只在山谷里留下了一只羊。接着，他把羊群从栅栏中带出来，慢慢地驱赶它们，丢失的羊群终于回到了佩德罗的羊群里面。

虽然只有六七里的路程，但是当兰·凯利赶着羊到达佩德罗那里时，已经很晚了。

佩德罗欣然交出一半的金子。那天晚上，他们一起露宿，棕熊并没有出现。

早晨，兰·凯利又回到那个峡谷里，不出所料，那头熊又回来了，吃掉了他昨天留下的那只羊。

猎人把羊的尸体都堆在一个开阔的地方，在熊走过的地方撒上一些干柴，然后在离地面大约五米高的树上搭了一个睡觉的平台。到了晚上，他便蜷缩在自己的毯子里睡着了。

一只年长的熊很少会连续三晚去同一个地方，一只

霸
王
熊

狡猾的熊不会走有过变化的线路，一只有经验的熊走路时绝对不会发出声响。但杰克既不老，也不狡猾，更没有经验。杰克第四次来找峡谷里的羊群，沿着自己先前的路线直接来到那些美味可口的羊骨头那里。它发现了人类的踪迹，但好像有些东西特别吸引它，因此它并不急于离开。它沿着干树枝大步走着。脚下的干柴被它踩得噼啪噼啪响。兰·凯利从平台上站起来，在黑暗中使劲瞪着眼睛细看，一个黑色的身影走到了堆着羊骨的那片空地上。猎人射了一枪，熊哼了一声，转身钻入灌木丛中消失了。

第九章

　　这对杰克是一场火的洗礼，步枪射中了它的后背，留下了一道深深的伤口。杰克在痛苦和愤怒中喘着粗气，扒开灌木丛，走了一个多小时才躺下来。杰克试图舔舐伤口，但是却够不着，只能靠着一根圆木擦拭伤口。

　　它继续往塔拉克山的方向前进，到达那里之后，它钻进了一个由坍塌的岩石形成的山洞。杰克躺下来休息，但是疼痛令它不住地在地上翻滚。太阳高高升起时，一股奇怪的烟味窜进山洞。刺鼻的浓烟让它睁不开眼睛，透不过气来。它被迫离开洞穴，从另外的出口冲了出去。它看见远处有一个人正把木头往它之前来的那条路的火堆上扔，从那边吹过来的风告诉它：这就是昨晚的看羊人。

树林中的烟雾越来越薄了，只是在树丛上方还飘浮着一小片。杰克平静地大踏步走开了。它越过山脊，找到浆果，这是它杀死最后那只山羊后第一次进食。它继续走着，收集水果，挖掘根茎。

一个多小时后，烟雾又变得越来越黑，烟味也越来越浓。杰克慢悠悠地准备离开那里，连鹿和野兔都比它跑得快。空中传来一种呼啸声，声音越来越大，越来越近。丛林中的动物都开始奔逃，杰克这才跟在其他动物后面大步跑起来。

整片森林都着火了。风向上吹着，火势越来越猛，火焰就像野马一样乱窜。杰克从来没有见过这样的情形，但是本能告诉它：要避开正在靠近它的呼啸声。伴随着呼啸声的是上方的浓烟和飞舞的火舌。杰克跑得很快，在崎岖不平的山间很少有动物能比棕熊跑得还快。热浪不断地逼近，它想逞强的念头顿时变成了恐惧，这是它从来都不曾感受过的恐惧，因为连决斗的对象都看不见。现在它周围都是火焰。

不计其数的野兔和鹿早在红色恐怖来临之前就都逃到了山下。杰克疯狂地冲进茂密的丛林和常绿灌木丛，这时的它被山火炙烤得周身灼热。杰克忘记了伤口的疼痛，只想着逃跑。浓烟熏得它睁不开眼睛，看不清任何东西，山火把它烤得半死。杰克跳出灌木丛，见前面有一个小水池，便跳了进去。但它背上的毛发仍发出嘶嘶的声响，还是很热。杰克继续往水深处走去，并且大口大口地喝着清凉的河水，这下他总算舒服多了。在憋得住的情况下，杰克会尽可能地长时间蹲伏在水下，直到需要呼吸的时候才慢慢地、小心地把头伸出水面。它抬起头，看见漫天都是飞舞的火焰。树枝在燃烧，飞舞的余烬飘进水里，发出嘶嘶嘶的声音。空气是灼热的，犹如一股股的热浪，偶尔才可以呼吸一次。杰克深吸一口气，又一头扎进水里。

　　池子里还有一些其他的动物，有些被烧死了，有些被烧伤了。一些小动物浮在池子的边缘，体型较大的则待在水比较深的地方。其中一个就在杰克身旁。哦，杰克知道那气味，这是人的气味。尽管杰克并不知道这就是那个曾经射击它的猎人，但就是他整整跟了杰克一天，然后为了把杰克从洞穴中赶出来，放火引发了森林大火。他就是兰·凯利。现在，他们俩都在水池最深的地方，距离不足三米。山火越烧越旺，炙烤得他们无法忍受。杰克和兰·凯利急忙深吸一口气，然后沉到水下。两方都心绪不宁地猜想另一方将会采取怎样的行动。半分钟后，他们把头伸出水面，发现对方并没有靠近，这才松了一口气。

冲天的火焰呼啸着。一棵巨大的松树轰然倒塌在水面上，差点砸到猎人身上。溅起的水花几乎把树上的火苗浇灭了，但是这棵树温度太高，猎人不得不移到离棕熊近一点的地方。另一棵松树又倒下来，砸死了一只北美狼，架在之前的那棵树上。两棵树的交叉处腾腾地燃着火焰，熊又向兰·凯利那边靠近了一些。现在杰克和兰·凯利都够得着对方了。兰·凯利的枪正躺在河岸的浅滩上，但是他备好了刀，以防不测。其实他并不需要这样做，因为猛烈的火势已经让杰克此时自顾不暇。他们浮出水面，又沉到水底，互相提防着对方，这样持续了一个多小时。

烈焰终于熄灭，虽然树林中的烟雾依旧很浓，但是总算可以自由呼吸了。杰克直起身子，准备离开水池回到林子里。这时，兰·凯利看到鲜红的血正从熊背部粗糙的毛发里流淌下来，把池子里的水都染红了。兰·凯利马上意识到，这正是巴克斯特山谷里的那只熊，也就是佩德罗所说的外国佬，但他不知道，这也是他之前的朋友——棕熊杰克。兰·凯利从另一边爬出池塘，猎人和熊就此分道扬镳了。

第十章

　　塔拉克山西部的山火仍在乱窜，而东部山脉依然绿色葱茏。兰·凯利只能去东部山脉狩猎了，因为山鸡、野兔、土狼以及棕熊杰克都逃到那里去了。

　　杰克的伤口愈合得很快，但它仍记得步枪的气味——那是一股危险的味道，会冒出陌生但足以致命的烟——杰克牢牢地记住了这种味道，因为随时都有可能会再次遇到它。

　　杰克在塔拉克山上闲逛，闻到一股甜蜜的清香味，这勾起了它昔日美好的回忆——蜂蜜的香味。一群松鸡发现了它，不慌不忙地飞到低一点的树枝上。杰克闻到了一股人的味道，同时听到了砰的一声响，它马上意识到那是危险的枪声。枪声过后，它看到有松鸡从树上掉下来。周围又静了下来，杰克从灌木丛中探出头来，嗅了嗅，这时一个男人从对面的灌木丛中走出来。此时，他们相距不足三米，并且都认出了对方。

兰·凯利看到了那只被烧焦毛的受伤棕熊；而杰克则闻到了火药和皮革的味道。杰克闪电般地跃起扑向兰·凯利，兰·凯利急忙后退，不幸的是被地上的枯枝绊倒了，棕熊压在了他的身上。兰·凯利面朝地趴着尽量一动不动，作为猎人，他深知这是躲避熊攻击最好的办法。但是，兰·凯利不经意地动了一下，杰克马上察觉到，立即用爪子按住了他。杰克闻着脚下的战俘，这股气味勾起了它过去的记忆。虽然杰克已经记不起住在猎人棚屋的那段日子，但灵敏的嗅觉告诉它应该放手。杰克深吸一口气，平息了内心的愤怒，然后转身离开。兰·凯利躲过了一劫。

兰·凯利很奇怪为什么熊没伤害他，他并没有认出杰克。他能找到的解释就是：人类根本不知道棕熊将要做什么，当你走投无路时，最好趴在地上一动不动。他怎么也想不到，那是棕熊杰克的善良之举。

兰·凯利将自己追踪棕熊的冒险经历告诉了牧羊人。在描述了自己追踪棕熊，引燃森林大火，水池中的冒险以及与棕熊的再次遭遇之后，他接着说道："棕熊把我按在它的脚下时，我觉得自己要完蛋了，可不知道为什么它没有伤害我，而是径自走开了！我敢肯定在牧场以及在山谷里吃羊的是同一只熊，没有任何两只熊的后脚长得一模一样。你要是能看到清晰的脚印，就会明白的。"

"天哪，那我亲眼看见的足有十米高的熊是怎么回事？"牧羊人困惑地问道。

"那一定是因为你太害怕了，所以大晚上的看花了眼。不用担心，我一定会逮到它。"

兰·凯利开始了他的追捕行动，他把所知道的能够捕捉熊的陷阱都做了出来。他邀请包拉米一起参加，这个黄毛小子是一名很棒的跟踪者。他们收拾好东西，骑上马，朝塔拉克山东部的杰克山走去。杰克山是兰·凯利为了怀念幼崽杰克而命名的。猎人相信，在这里，他一定还会遇到那只棕熊，因为森林大火并没有烧到这个地方。

他们安营扎寨，架起帆布遮风挡雨，然后把马拴在草地的木桩上，然后便打猎去了。在叶湖周围转了一圈之后，他们大致了解了这附近野生动物的数量：有许多鹿，几只熊，还有一两只棕熊曾经在岸边走过。兰·凯利指着一个深深的脚印喊道："就是它！"

"这就是佩德罗说的'外国佬'吗？"

"是啊，这就是他认为有十多米高的那只棕熊。我想它大概只有两米多高，但是到了晚上影子在火光下被拉得很长，给佩德罗造成了错觉。"

黄色的猎狗欢快地叫着，顺着棕熊留下的痕迹带领两人追寻。两个猎人在猎狗身后飞快地奔跑着，有时还叮嘱狗不要跑得太快。他们的吵闹声一直飘得很远。

"外国佬"杰克走到他们附近的山上时，听到了一英里外的声音。聪明的杰克总是逆着风向走，靠着它敏锐的嗅觉，它曾经找到过许多美味的食物。它听到的吵闹声是如此奇特，杰克非常想闻闻吵闹声的主人的味道，因此它大摇大摆地逆着风向走去，现在是它在追踪猎人和猎狗了。

杰克的鼻子立即告诉它，其中一个是它曾经有过好感的猎人，另外两个闻起来则让它讨厌。闻着三个敌人的气味，杰克的喉咙里发出闷闷的咆哮——是狗的气味激怒了它，尽管杰克已经忘记了小时候曾遭受过狗的戏弄。杰克敏捷又静悄悄地跟踪着它的敌人。

在粗糙的路面上，狗比熊跑得慢多了，再加上猎人又拽着狗的脖子，杰克很快就追上了他们。现在杰克距离他们大约只有一百米的距离，出于好奇，杰克继续追赶那只狗。突然，风向一转，猎狗闻到了熊的气味。猎狗立即掉转头，一边狂吠，一边追赶，鬃毛都竖了起来。

"这是怎么回事？"包拉米低声问道。

"是那只熊！"兰·凯利回答道。

那只狗猛地一跳，朝敌人径直奔去。

杰克听到狗的叫声，闻到狗的气味，最后才看见猎狗奔了过来。猎狗的味道激起了杰克童年那段不愉快的回忆，愤怒涌上它的心头。杰克狡猾地潜伏在树根旁，黄毛猎狗经过的时候，杰克猛地出击，就像小时候揍包拉米的恶狗一样，不过它现在的力量要比那时大得多。猎狗没有发出一点声响，棕熊也没有再次出击就悄无声息地逃走了。猎人们找了好一会儿，才找到了猎狗的尸体。

包拉米咬着牙喃喃自语道："我要报仇！"这是他最钟爱的一只猎狗。

"没错，那正是佩德罗说的外国佬。它真是太聪明了，居然沿着来时的轨迹逃跑了，但我们一定会逮住它、杀了它的。"他们发誓要杀了那只熊，否则后果不堪设想。

没有狗，他们必须重新制订狩猎计划。他们选择了两三个熊最可能出没的地方来设置陷阱，这些陷阱周围需要有两棵树作为柱子。兰·凯利回营地拿斧头，包拉米则负责挖坑。

兰·凯利来到营地的开阔地带，习惯性地停下脚步，

053

霸
王
熊

爬上一棵树,静静地观察了足有一分钟。当兰·凯利正要从树上下去时,有一点儿动静引起了他的注意。原来一只棕熊正蹲坐在那里俯视着营地。它脑袋和脖子上的毛都被烧焦了,背部两边露出了白斑。毫无疑问,兰·凯利和"外国佬"又碰面了。

虽然射程有些远,兰·凯利还是拿出手枪。正准备射击时,熊突然低下头,举起后爪,用舌头舔着伤口。这样一来,棕熊的头、胸和枪口就在一条直线上了——兰·凯利很容易就能射中棕熊。也许是兰·凯利太大意了,他匆忙射了一枪,并没有射中熊的头部和肩膀,只击中了棕熊的嘴和后腿,伤到了它的一颗牙齿和一个脚趾。

狂怒的棕熊咆哮着跳起来,朝兰·凯利狂奔过来。兰·凯利迅速地爬到一棵树上,营地就在他们中间,棕熊转而向营地发动攻击。它爪子一扫,把帆布帐篷撕成了碎片;猛地一拍,马口铁罐满天飞;啪!它用力一撕,面粉像烟雾一样散开;噼里啪啦,一盒零碎的东西散落到了火里,一包子弹随后也滑落到火堆中;砰,水桶被砸得粉碎;啪啪啪,所有的杯子瞬间都成了碎片。

虽然兰·凯利躲在树上很安全,但却没法看到熊,没法射击——只能等愤怒的熊平静下来。棕熊拾起一个软木塞的瓶子,灵敏地抓住它,扭出软木塞,把瓶子放到嘴边。棕熊的这个动作看起来既滑稽又熟练,它以前肯定这样干过。兰·凯利在树上惊讶地看着营地上发生的一切,他可以清楚地听到柴火被烧得砰砰响。刚开始,只有一两颗子弹在火堆中零星爆炸,到最后就弄不清到底有多少颗子弹一起炸了起来。疯狂的"外国佬"转了一圈,看到东西就砸,还随手把录音机丢到了河里。之后,它又摇摇晃晃地走下草地,吓走了马儿。这时,兰·凯利才看到"外国佬"回到了树林。

猎人们输得很惨,他们花了整整一个星期才重建好这片被破坏的营地。在叶湖边,他们又重新储存了一些弹药和生活必需品,修好了帐篷,准备了露营的整套装备。他们很少谈到猎杀棕熊的誓言,谈到棕熊时再也不说"我们一定能抓到它",而是说"当我们抓到它的时候"。

第十一章

虽然杰克有些野蛮，但还是非常谨慎的。杰克离开这片营地之后，爬上南部山冈，在灌木丛中轻轻躺下。它伸出舌头舔舐伤口以缓解脑袋和牙齿上的疼痛。杰克在那里躺了一天一夜，疼痛难忍。第二天，杰克实在太饿了，它站起来，走向最近的山脊。它迎风嗅着，又闻到了山中猎人的气味。它不知道接下来该做什么，只好呆呆地坐在岩石上。气味变得更加浓烈，杰克听到了马蹄声，猎人们更近了。

透过灌木丛的缝隙，杰克看到一个骑着马的男人出现了。马发现了挡在前面的棕熊，紧张地打着响鼻想转身回去，但是山脊很窄，走错一步，就可能跌落悬崖。牛仔握着缰绳，尽管手中有枪，但是面对这头朝他眨着眼睛、挡着路的棕熊,他并不想射击。他是一名年长的山里人,他要用印第安人惯用的做法——喊话,来驱走这头熊。

"看这儿,大熊,"他大声喊道,"我什么也没做,我对你没有任何恶意,你也不应该怨恨我吧?"

"呜——呜——"杰克低吼着。

"尽管现在我手边有枪,但也不想和你起冲突,只是希望你能让到路边,让我通过这条狭窄的山道,然后我就离开,做我自己的事情。"

"呜——呜——"杰克依然低吼着。

"朋友,我很诚实,你不打扰我,我也不会打扰你。我想要的只不过是五分钟的通行权。"

"呜——呜——"好像这就是棕熊唯一的回答。

"你看,只有这一条路出去,你恰巧就坐在那里。我不得不走这条路,因为我不能回头。现在,我们能不能做一笔交易——不许动手打架?"

很明显,杰克一点也听不懂这个人发出的叽里咕噜的古怪声音。但是它知道这个人似乎没有伤害它的意思。最后,杰克眨了眨眼睛,站起身,大步走向河岸。牛仔则勒紧缰绳吆喝着让马儿迅速离开这个地方。

牛仔呵呵一笑:"我知道这种做法一定会成功。大多

数的熊都会吃我这套的。"

如果杰克能够开口说话，它可能会说："这肯定是一种新型人类。"

第十二章

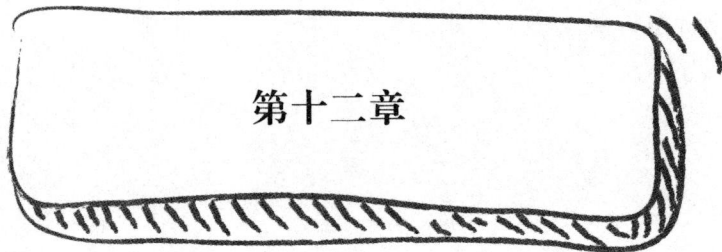

杰克继续漫无目的地走着，不时用鼻子嗅着，它在沿途看到很多浆果、树根、松鸡和鹿，直到一种奇特而富有魔力、令它无比愉悦的气味传来，它才停下了脚步。这气味不是来自于羊，也不来自于动物的尸首，而是肉的气味。它跟着气味来到一片草地，在那里，杰克发现了五头牛。它们身上泛着浅红色，体形跟自己相仿，但杰克毫不畏惧。这是食肉动物的本能。杰克从逆风的方向悄悄靠近，这样它可以闻到猎物的味道，猎物却闻不到它的味道。杰克来到了丛林边缘，停了下来，要不然它就会暴露自己。附近有个小水池，它轻轻地走过去喝水，然后躺在灌木丛中，继续监视着这些猎物的一举一动。

一个小时过去了，太阳快要下山了，牛群们开始站起来吃草。其中一只很小的牛来到离杰克很近的地方，径直走到水池边。看到它走进了淤泥中，杰克弓腰跳起，挥起熊掌，用全部的力量击中了它的头部，但杰克对牛头上的尖角却一无所知。新生的、尖锐的牛角向上卷起，杰克这一掌正打在牛角上，牛角折断了。这重重的一击将小牛砸倒在地，也让杰克的爪子受伤了。杰克继续捶打着它，生气地撕扯着，因为它的爪子受了伤，很疼。其他的牛都逃走了，杰克用嘴叼着小母牛，把它拖回山坡上的洞穴里。之后，杰克躺下用舌头舔舔自己的伤口。尽管很疼，但还好伤得并不严重。一个星期后，杰克就能像以前那样漫步在叶湖，甚至去到更远的南部和东部的树林里去了。

杰克慢慢长大了，领地也越来越大，它成了这片领地的国王。为了守护自己的领地，杰克与入侵的熊搏斗。随着时光的流逝，杰克一边学习，一边成长，渐渐地增强自己的实力。

兰·凯利一直在跟踪杰克，十分了解它的大部分经历。地上的足迹显示，杰克的前脚有一个圆圆的伤口，后脚也有一个伤口。在被杰克毁坏的营地里，兰·凯利发现了一块骨头的碎片。很长一段时间他都怀疑，自己是不是打掉了棕熊的一颗长牙。他迟迟不跟大家分享这个故事——他一枪就击中了棕熊的一颗牙和后脚趾，直到后来他有了确切的证据，才终于说出了这个真实的故事。

没有哪两个动物是一模一样的，只不过同一个种群的动物会有更多的相似之处。但棕熊却是一个例外，它们都有自己的个性。大多数棕熊用背部摩擦树干，在树干上留下与它们的身体齐高的印痕；但也有一些熊则用前爪挠树干；还有一些用前爪抱住树，用后爪挠树。"外国佬"杰克独一无二的标记是先用背部擦树，接着用牙齿撕裂树皮。

有一天，兰·凯利正在观察一棵被熊挠过的树，突然发现了杰克的痕迹。在一条落满灰尘的小道上，兰·凯利发现了一条很有价值的线索，从而了解到上次射到的是棕熊右后脚的一个脚趾，前爪上有一个大而圆的伤口，那是牛角撞的。兰·凯利来到杰克做了痕迹的树前，看到它撕扯树皮时留下的清晰印记，这印记显示它上排的獠牙缺了一颗。这样一来，树上和路上的痕迹清晰地告诉兰·凯利，这正是自己要找的那只棕熊。

"这就是那只熊。"兰·凯利对他的朋友说。

在这段时间里，他们都没有看到"外国佬"，这次终于等到这只熊现身了。于是他们又开始设计一系列的陷阱。他们使用沉重的原木和用木板凿成的滑动门制造陷阱。诱饵放在远处的触发器上，触发器一拉，滑动门就会掉下来。他们花了一个星期才完成四个陷阱。他们知道棕熊不会靠近可疑的新玩意，只有当一样东西看起来旧旧的时候，熊才会接近它。他们将剩余的废料全部清走，又在新切的木头上抹上泥巴，用腐烂的肉摩擦，在每个触发点都挂上一块之前宰杀的鹿肉。

连续三天，兰·凯利他们都有意绕开这些新设的陷阱，这样陷阱周围人的气味就慢慢消散了。随后他们发现有一个陷阱弹了起来——滑动门掉下去了。包拉米非常兴奋，因为这说明刚刚有棕熊经过。兰·凯利研究着地上的灰尘，突然笑出了声。

"看看那个。"兰·凯利把地上的一丝不足两厘米的兽毛指给包拉米看。

"我们逮到的熊有着松软的尾巴？"包拉米笑着说。其实他们捉到的不过是一只小臭鼬。

"下一次要把诱饵放在更高的位置，接触线也不能这么细！"

他们在陷阱周围巡逻时，又顺便用腐肉擦了擦皮靴，随后一个星期都没有再出现。

熊对食物各有喜好。有些熊喜欢吃树根和浆果，有些熊喜爱吃大个的黑鲑鱼，有些熊则喜欢吃新鲜的肉。

喜欢食肉的熊往往都异常凶猛好斗,"外国佬"就是其中之一。与喜欢吃树根和浆果的亲戚相比,它更喜欢以肌肉结实的食草类动物为食。当然,它还喜欢吃蜂蜜,从小就喜欢。兰·凯利发现,"外国佬"走过的地方,所有的蜂巢都被捣碎,如果没有蜂巢的话,它就会把石楠树上挂着的像雪橇铃铛的蜜花儿吃掉解馋。兰·凯利快速地做着标记,并对包拉米喊道:"喂,包拉米,我们需要找到一些蜂蜜。"

他们知道,如果不给蜜蜂喂蜂蜜,蜜蜂就不会给他们带路。包拉米骑马赶到最近的地方——佩德罗的羊群那里拿到白糖,却没有找到蜂蜜,于是他们把白糖做成糖浆。他们抓了些蜜蜂,在它们背部贴上棉花标签,喂它们糖浆,然后再放飞它们。他们跟着蜜蜂飞行的路线,终于发现了蜂巢。他们用麻布袋把这些蜂巢装好,然后挂在陷阱的触发点上。

那天晚上,"外国佬"杰克走了很长很长的一段路,敏锐的嗅觉告诉它:前方有美味。杰克顿时来了精神,它立即飞奔到一英里外那奇怪的圆木洞穴边。它停下来,闻了闻——有猎人的气味,但更重要的是有甜蜜的气味。杰克在周围转了一圈,确信美味就在圆木洞穴里,然后它小心翼翼地爬进去,里面的老鼠匆忙逃窜。看到诱饵,它嗅了嗅,舔了舔,嘴里发出喜悦的呜呜声。它流着口水，正准备尽情享受美味的蜂蜜，突然被什么东西拽了一下——接触点被触发——砰！身后巨大的滑动门掉下来，杰克被困住了。它匆忙后退，但又撞到了门，杰克觉察到了危险。它努力转过身，拍打着门，却毫无作用。杰克看了看附近的栅栏，全是圆木做的，好像很容易用牙咬开，它试着把所有的圆木都咬了一遍，却毫无效果；接着它尝试破坏屋顶、地板，但这些圆木十分沉重，还被捆在了一起。现在，杰克已经无能为力了。

杰克还在低吼着发泄愤怒的时候，太阳出来了，阳光射进门缝。它转过身，用尽全身的力气拍打缝隙。门是平的，没有可以抓的地方，它就用拳头使劲砸，用牙狠狠撕咬，最后终于砸开了一块木板，这才让杰克重获自由。

也许你觉得这一切是从书里才能读到的故事，但木板的碎片不会说谎，栅栏周围都是大熊走来走去的痕迹——显示出它的后脚有一个伤口，前脚有一个奇怪的圆形伤疤，圆木上有撕扯的痕迹，那正是"外国佬"咬过的痕迹。

"这次我们差点就抓到它了，但它真是太厉害了，居然逃脱了。不过没关系，我们总会逮到它的。"兰·凯利喃喃地说。

他们继续捕捉棕熊，"外国佬"杰克依然无法抗拒蜂蜜的诱惑。但是第二天早上，猎人看到的总是已经被损

坏的陷阱。

佩德罗的弟弟认识一个人，他的陷阱捕猎成功率很高。那个人说木门不一定要很结实，但要密不透光，所以兰·凯利他们在木门外面涂上了焦油。但"外国佬"杰克已经非常熟悉陷阱了，现在它已经不必费力地砸门了，每次吃完蜂蜜后，直接抬起门就逃之夭夭了。猎人们一直在徒劳地努力，杰克一直在耍弄猎人。最后，兰·凯利干脆把门埋在土里，这样熊爪就再也不能伸到门下面了。天气越来越冷，塞拉斯山上全是皑皑白雪，熊的踪迹完全消失了。猎人们知道"外国佬"开始冬眠了。

第十三章

四月，塞拉斯山顶上的雪开始慢慢融化，雪水淙淙流淌。加利福尼亚的松鼠们欢快地吵闹着，这可不单是因为橡树皮里藏了不少榛子，真正值得开心的是，它们终于可以出来自由活动了。叫声对它们的意义正如鸣唱对于画眉的意义。这种欢乐对我们人类来说却是很大的噪音，但它们乐在其中，谁会去想人类的感受呢？鹿儿欢快地跳着，松鸡咯咯地叫着，小溪欢快地流淌着——森林里到处都充满了欢乐与生机。

兰·凯利和包拉米继续追踪棕熊。

"它刚从冬眠中苏醒，雪地里全是它踩过的脚印，我们很容易就能跟踪到它。"

兰·凯利他们有备而来，下定决心无论如何都要捉住这只狡猾的棕熊。他们准备了蜂蜜诱饵、张着鳄鱼大口的捕兽夹以及全套装备的枪支。篱笆陷阱经过一个冬天，显得有些旧了，能够更好地迷惑棕熊。经过重新修理和放置诱饵，他们捕获了一些黑熊。

"外国佬"就在附近，猎人们很快就察觉到了，它已经结束了冬眠。他们在雪地里发现了杰克的脚印，并排的还有一个小一点的脚印。

"快看！"兰·凯利指着小脚印喊道，"现在正是交配时节，原来'外国佬'在度蜜月啊！"他们跟着雪地上的脚印走了一会儿，虽然对找到它们并不抱多大希望，但还是很想知道它们的行踪。兰·凯利一行人循着脚印走了几英里，地上的线索提供了很多讯息。猎人看见了又一只熊的足迹和决斗的痕迹，挑战的那只熊输了，灰溜溜地离开，杰克和它的伴侣则继续向前走。

在山脚下，杰克和爱人一起享受了一顿盛宴。兰·凯利他们赶到时，只发现了熊和牛打斗的痕迹以及地上残留的半头牛的残骸。兰·凯利似乎看到了刚刚发生的一切："外国佬"仿佛在炫耀自己的力量，它扑倒牛，牛挣扎着、吼叫着，可熊夫人觉得那是美妙的音乐，直到"外国佬"觉得是时候了，才一巴掌将牛拍死，享受美味。

兰·凯利他们只看到过那对伴侣一次——短暂一瞥。

"外国佬"高大威猛，以至于他们几乎相信了佩德罗的故事。同时，他们还看到一只稍小的熊在金色的太阳下打着滚。

"哦，难道那不是世界上最漂亮的动物吗？"在两个猎人的凝视中，两只熊快速地走进了灌木丛。灌木丛只到杰克脖子的高度，一分钟后它们便从另一边走了出来。兰·凯利正准备开火，但不可思议的是，这对熊马上钻入了 丛林里，在猎人还没有反应过来之前，它们已经走得很远了。

第十四章

时尚会影响人的生活。动物界的时尚同样如此。这一年，棕熊界似乎流行吃牛肉的热潮，这股热潮风行于塞拉斯山脉的每个角落，每一只身强力壮的棕熊都这么干。以前它们靠吃树根、采摘浆果为生，与世无争，但现在似乎只吃牛肉，大开荤戒。

牛群陆续遭到袭击，那些高大威猛而又异常狡猾的熊似乎要杀尽村子里的所有牛才肯罢休。养牛人提供高额猎熊奖金，奖金与日俱增，但熊猎杀牛群的状况并未好转，猎人只杀死了很少的熊。

这些熊都有很多精彩的故事。速度最快的熊是"圆形足"，这只普莱瑟维尔的杀牛手能从30米远的地方发动攻击，牛在还没有来得及转身逃开的时候就将其擒获。当食物缺乏的时候，它能抓到开阔地上的小马。

最狡猾的熊是莫凯勒米，这只熊喜欢杀血统优良的猎物，在众多的牛羊品种中，它会选择美利奴羊或者白面的赫里福德牛。每天晚上它都会杀一头牛，但它绝不在同一个地方作案，不给猎人设陷阱或者投毒的机会。

人们很难看见圆脚印的棕熊。它们的行踪飘忽不定，只在夜间行动和杀戮，有很多牛羊死于它们的捕杀。它们中最了不起的就是杰克。

佩德罗的羊群曾经深受其害。一天晚上，佩德罗来到兰·凯利的小屋。

"可恶的'外国佬'就在那里，它杀了我不知多少只羊。你曾经承诺杀了它，但现在它还是活蹦乱跳的。这个恶魔！这只邪恶的棕熊！我有三头牛，两头肥的，一头瘦的。它当场杀死了两头肥牛，只有瘦的逃走了。可它连这头瘦牛也不放过，立即追赶上去——它的身后飘起了灰尘，可想而知它跑得有多快。牛只转头看了一眼扬起的灰尘，那恶魔就立马抓住它，把它杀了。可恶的熊撕咬树皮，我看到了牙齿的缺痕，这才得以确信是它。这家伙很狡猾，它把树胶涂在鼻子和脸上，蜜蜂就不会蜇它，它便可以放心地吃掉所有的蜂蜜。它真是太讨厌了！它漫山搜罗石斛兰花，吃得胃口大开，然后就疯狂地杀戮牛羊。它就是恶魔！它抓着牛鼻子像老鼠一样把牛拖着走，以此取乐。它杀牛，杀羊，杀了我的猎狗！"

佩德罗情绪激动，滔滔不绝地诉说着那只可恶的棕熊的恶行，连口气都顾不上喘。

除此之外，人们还谈论着另一只大熊的恶迹。它拥有从斯坦尼斯洛斯到莫赛德的整片领土，人们称它为"君主大熊"。人们深信，它是现存熊类中最大、也是最聪明的。它捕猎牛羊，以战胜公牛为乐。有人甚至说，无论在哪儿，只要出现了一头不同寻常的大牛，君主大熊就会赶到那里，跟这个有实力的敌人决斗，以此为乐。它是猎杀牛、羊、猪和马的最恐怖的杀手，人们从来都没有见过它，只看到过它留下的痕迹。它在夜间的偷袭捕猎堪称完美，避开了所有可能的陷阱。

霸王熊

　　牧场主们联合起来，提供高额赏金来奖励捕杀熊的猎人们。在这片区域，只要杀死一只棕熊，便有高额的奖金作为回报。猎人们用夹子捉了一些熊，有棕色的、浅黄褐色的，但仍然有一些熊逍遥法外。猎人们设置了许多钢铁陷阱，终于它摔进了其中一个陷阱。从陷阱那里扬起的灰尘，人们就可以知道这家伙有多么强壮有力。可钢铁陷阱又怎么样呢？棕熊最终还是逃跑了。有段时间，棕熊一看到钢铁棒——那戳进它爪子的又黑又硬的玩意，就会愤怒地把铁棒摔在坚硬的圆石上，直到铁棒弯曲得不成样子。随着时光的流逝，它变得愈加狡猾、高大和威猛。

　　兰·凯利和包拉米受高额奖金的诱惑下山狩猎。他们发现了一片非常大的棕熊猎杀牛群的区域。他们仔细查看着地上的痕迹，看到了各种各样的脚印，还发现牛群都死于一种方式——肌肉被撕开，脖子被扭断。树干上有棕熊摩擦后背及用残缺的牙齿撕咬树皮的痕迹，这一大片区域里都是这样。之后，兰·凯利平静地告诉包拉米："佩德罗的外国佬！"圆形足"！普莱瑟维尔的灰熊！莫凯勒米灰熊！君主大熊！原来它们都是同一只熊啊。"

　　山中来的小个子猎人和丘陵中来的大个子猎人都想捕捉君主大熊。虽然屡屡失败，但现在，猎人们的执着近乎疯狂。

所有陷阱都没法抓到君主大熊。它可以粉碎钢铁陷阱、圆木陷阱，却不会去诱饵周围的地方，也不会第二次掉进同样的陷阱。

有一次，两个鲁莽的牛仔跟着踪迹来到一个岩石峡谷。到了谷口，马儿再也不肯向前，两个牛仔就徒步进入了山谷，从此人们便再也没有见过他们。墨西哥人非常恐惧，他们相信这只熊是杀不死的。

被称为"君主大熊"的棕熊在牧场待了一年，每到晚上便会大开杀戒，白天则退隐到附近的小丘休息，它睡觉的地方非常隐蔽，猎人们都追踪不到。

兰·凯利骑着马，每次都与君主大熊失之交臂，不是太晚，就是太早。他几乎要放弃了，不仅是因为绝望，更苦于没有更好的手段。后来他从一个富人那里打听到消息——一位新闻记者把奖金提高了十倍，但要求活捉这只熊。

兰·凯利再次邀请昔日的伙伴包拉米和几个猎人继续参与追捕大熊的行动。消息传来——前天晚上，铃贝牧场的三头奶牛遇害了，还是那种猎人们熟知的方式。

他们立即准备好装备赶赴现场，十小时的路程令马儿非常疲惫，但男人们却精力充沛。他们仔细查看奶牛被害的现场，种种迹象、尤其是疤痕脚印表明，罪魁祸首就是君主大熊！没有任何猎犬比兰·凯利追踪得更好，他

霸王熊

们追踪到离山脚五英里远的一片灌木丛，大脚印一直延伸到灌木丛深处。

兰·凯利让包拉米做哨兵，守在入口处，让其他猎人随自己骑马赶过去。这些猎人们紧张地端起步枪，兰·凯利则提醒道："喂，伙伴们，我们一定能够安全地活捉它，这家伙不会在白天离开灌木丛的。如果射死它，我们只能得到牧场主的赏金；如果活捉它——在这片开阔地带是很容易的——我们将得到报社的赏金，那可是牧场主开出的赏金的十倍呀。我们把所有的枪支都丢下吧，套索就够用了。"

"为什么不能把枪放在手边呢？"

"因为我太了解你们了，一有机会，你们就会射击，所以你们不能带枪。我们肯定能活捉它。"

尽管如此，还是有三个人偷偷带上了手枪。七名猎人骑上马，慢慢靠近君主大熊。他们投掷石块，希望把它从灌木丛里赶出来，但没有任何效果。中午，平原上起了微风，他们点起了火，火焰和烟雾涌入灌木丛。不多时，灌木丛里便传出噼里啪啦的爆裂声。在火焰和浓烟的逼迫下，君主大熊——外国佬棕熊杰克终于从灌木丛中窜了出来。猎人们围着它，手中拿的不是枪，而是牛皮套索，圆弧形的套索意味着镣铐和死亡。猎人们靠着人多势众倒是很镇定，但胯下的马儿却恐惧地喘息着。棕熊杰克抬起头看了一眼，骑士和马都是那么渺小，它全然不放在眼里。它悠闲地转身，大步向丘陵走去。

哦，高贵的马，勇敢的男人！哦，大棕熊，我看你现在怎么办！养牛人和杀牛者终于面对面！

三位猎人像老鹰一样冲向大熊，摇着手中的套索，唱着歌，君主大熊压抑着愤怒，站起身来，注视着周围的人马。就像人们议论的那样，君主大熊那强大的胸肌，如公牛脖子般粗壮的手臂，无不显示着它的勇猛和力量。

"卡拉巴！多么大的一只熊啊！佩德罗说的并不是完全没有道理。"

"嗖——嗖——嗖——"套索飞起来了。"嗖嗖——啪——"一个，两个，三个，绳索落下了，这些套索可不是开玩笑的。为了捆住大熊的脖子，猎人们鞭打马儿，让它们跳起来，拉起宽松的绳子向远处跑。但是熊的速度比猎人们想象的要快得多，它灵活地举起爪子，绳索便滑落了下来。

"嗨——哈尔！嗨——兰·凯利！套住它的脑袋！"

棕熊讨厌不公平的决斗，它向丘陵跑去。一位带着银色牙套、行动机敏的墨西哥人一边吹着口哨，一边扬起身后的绳索。他踢着马肚向前冲，确信绳索会套住棕熊的手臂。棕熊发出愤怒的鼻息声，继而转身，绳索没有套住它，猎人只得把绳索收回来。

霸
王
熊

　　猎人们骑着马，把大熊团团围住，等待机会。猎人们不止一次套住了棕熊的脖子，但令人难以置信的是，棕熊总能巧妙地避开绳索。有一次，猎人们抓住了棕熊的脚，两匹马拉动绳子，扭动大熊的脚，几乎要把它抛出去。杰克非常生气，它口吐白沫，突然记起在牧场酒馆所遭受的种种折磨——那时它刚学会如何对付这可恶的人类。虽然现在它远离了被烧焦的灌木丛，但周围仍有一小片树丛。于是，杰克把宽阔的背部靠在树上，等待猎人们向它一点点靠近。猎人们鞭打吓坏的马儿以靠得更近些。杰克看着他们——等待着，就像过去在酒馆耐心地等待疯狗一样，直到猎人们几乎要碰到它时，它就像被雪崩推动的石头一样跳起来。谁能避开棕熊的攻击呢？杰克跳起来的时候简直连大地都在颤抖；它宽大的熊掌打下来的时候简直是虎虎生风。三个男人与三匹马包围着它。地面上扬起了灰尘，他们只知道大熊在攻击——攻击——攻击！三匹马再也没有站起来。

　　"圣玛丽亚！"死亡的阴影笼罩在猎人们的心头。惊慌失措的猎人们急切地想把熊拖走，三匹马死了，一个人死了，一个人奄奄一息，只有一个人侥幸逃脱了。

　　之后，棕熊摇晃着身体，快速跑向山丘。"啪！啪！啪！"枪声响了起来。兰·凯利敦促剩下的四个猎人快速追击。他们超过棕熊杰克，转过头，面对它。它身上多处中了枪。

"不要射击——不要射击，等它疲倦了就好了。"兰·凯利提示着猎人们。

"疲倦？你看看躺在那里的卡洛斯和曼纽尔。要不了多久，我们也会和他们下场一样！"猎人们继续愤怒地射击，直到打光全部的子弹。杰克愤怒地张着大嘴，口吐白沫。

"冷静！"兰·凯利叫道。

当杰克举起爪子时，又一个套索飞了过去，套住了它的爪子。"嗖！嗖！"第二个套索飞出，套住了它的脖子。如果是牛，在它的蹄子被套住后，人们一定能抓住它，但是棕熊举起灵活而尖细的爪子，猛地一拉，绳子顿时松开了，它又重获自由。脖子上的两根绳子有些紧，它不能把头滑出来。马儿们向外猛拉绳子，杰克开始感到窒息。男人们喊叫着，转着圈，寻找下手的机会。大熊杰克放下爪子，粗壮结实的四肢用劲向后拉绳子；筋疲力尽的马儿继续向前拉，身后留下被犁耙拉过似的长沟。杰克拉着马儿继续快速向后倒，此时，它的眼睛鼓起，舌头伸得老长。

"抓紧！"有人喊道，猎人们聚到一起——这是最好的防御方法。高大强壮的君主大熊目光中满是仇恨，一有机会，就飞快地往前冲。马儿几乎要跳起来了，落在后面的一匹马被杰克锯齿般可怕的爪子划开了肚子。

暴力血腥的场面把猎人们吓坏了，手中的绳子纷纷滑落。君主大熊重重地喘着气，激动地跳着，它真想把敌人拖到山丘那边撕成碎片。

望着大熊逃跑的身影，人们开始生气地互相抱怨。大家都在埋怨兰·凯利。

"都是他的错，为什么不让我们带枪？"

"可是我们当时都同意了呀。"有人答道，接着便是更不堪入耳的话。兰·凯利脸红了，他失去了以往的平静，拔出手枪，这些人才闭上了嘴。

第十五章

"兰,下一步怎么办?"那天晚上,他们沮丧地坐在篝火旁,一位叫陆的猎人问道。

兰·凯利沉默了一会儿,突然眼睛一亮,慢慢地说道:"陆,那可是目前存活的最伟大的熊。它坐在那里就像一座山峰,扑打马儿就如同拍打苍蝇。那一刻我就喜欢上它了,它是最伟大的熊!是上帝的宠儿!我一直想捉到它,现在也是,并且要活捉它。即使要用尽余生也在所不惜!虽然我可以独自去做,但我知道你愿意和我一起去做这件事情。"兰·凯利的眼睛深处闪着耀眼的光芒。

牧场主们认为猎人的要价太高了,不再欢迎他们,于是他们只有在山上扎营了。甚至有些牧场主认为:君主大熊令羊群因害怕而不会到处乱跑，是多么好的邻居啊。于是牧场主们收回了赏金，但报社的赏金还在。

"把那只熊带来。"新闻记者简短地说道，他已经听说了猎人与大熊的决斗。

"你打算怎么做，兰？"

每一座桥都有腐烂的木板；每一个栅栏都有脆弱的扶手；每一个伟大的人都有弱点。兰沉思着，单凭武力对付棕熊，成功的希望很渺茫，但是他相信一定可以找到棕熊的弱点！

"圆木、钢铁陷阱和套索都不行。我有了新的打算——首先跟踪它，了解它的活动范围，估计至少需要三个月。"

兰·凯利和陆两个人决定继续追捕大熊。第二天，他们开始搜索棕熊的踪迹，从咬断的套索开始，他们日复一日地追踪着。同时，他们也从牧场主和牧羊人那儿尽可能多地了解信息，当然很多话并不可信。

兰·凯利本来以为三个月的跟踪时间足够了，可他们总共花了半年，在此期间，君主大熊一直都没有停止杀戮。

兰·凯利与陆在每个山脊都设置了一两个笼子或栅栏陷阱。陷阱后端放入一根粗糙沉重的铁栏杆。他们还精心制作了一些门放到凹槽中。这些门由双重木板制成,木板之间用焦油纸粘贴,保证密不透光,门的内侧是铁片。门落下的时候,正好能掉入铁制凹槽。

他们把门、栅栏、凹槽设置成为精妙的陷阱,直到这些陷阱变得陈旧,上面再也闻不到人的气味。兰·凯利他们准备最后一搏。白天,他们趁着大熊睡觉的时候,在陷阱里放好诱饵——一大窝蜂蜜——君主大熊从来都不会拒绝的食物。蜂蜜中混着强效安眠药。

第十六章

那天晚上，杰克离开洞穴，那只是它众多的栖身洞穴之一。它的伤口已经愈合，全身又充满了力气，它心情不错，大步走向平原。灵敏的鼻子向它报告:那里有一只羊，一头鹿，一只松鸡;人群，羊群，几只奶牛，几只小牛犊，一头斗牛。君主大熊很开心，又有美食等着它了。大熊从一个山丘走向另一个山丘，突然一种让它记忆深刻的气味传来。这气味像是给杰克施了咒语，让它忘乎所以。杰克立即走下山坡，穿过松树林，它循着气味越跑越快。最后，杰克来到了一个狭长低矮的洞穴前。

杰克见过很多蜂巢，也不止一次被蜜蜂叮咬，不过现在它已经学会了如何把蜜蜂引开。这几个星期，杰克一直在掠夺蜜蜂的宝藏，蜂蜜的味道令它痴狂。杰克钻进洞穴，里面充满了诱人的蜂蜜的味道。现在的杰克毫无戒备心，它抓过蜂巢，撕开它，流着口水舔个不停。当门砰的一声掉下来的时候，杰克毫不在意，因为它曾经不止一次地打开过这些门。杰克开始贪婪地吃起蜂蜜，对它来说，这简直就是一种美妙的享受。它舔啊舔，到后来，舌头就不听使唤了，脑子昏昏沉沉。最后，竟不由自主地倒在地上，闭上眼睛睡着了。

黎明时分，猎人们赶到了。陷阱里的君主大熊额头上有块巨大的疤痕，这会儿它依然蜷缩着身子睡得正香呢。

除了结实的绳子、粗重的铁链，猎人们手边还有氯仿，以免大熊很快就醒来。猎人们费了很大周章才把大熊绑起来——前腿和脖子捆在一起，脖子、胸部和后腿绑在同一根横梁上。猎人们拉起门，拖出熊，没有用马——没有任何马愿意靠近它——而是用缠在树上的绞盘。他们怕大熊会睡死过去，于是就把大熊弄醒了。

猎人们把大熊捆了一圈又一圈，醒来后的大熊看上去很虚弱，嘴里还流着白沫，真不知道该用什么词语来形容杰克此刻的心情。他们把杰克放在雪橇上，六匹马拖着长链把它拉到了平原的铁路边。猎人们给杰克喂了很多食物让它不至于死去，还把杰克连同横梁和链子放到一台敞篷车上，并用一大块防水布盖在它身上。引擎响起，车开走了。君主大熊杰克离开了这片古老的森林。

他们把杰克带到大城市，把它关在笼子里，笼子太小了，还不够装一头狮子。猎人们刚松开一根绳子，这个大块头就立即开始挣扎。"它挣脱了！"有人喊道。旁观者和饲养员立刻拔腿就逃。只有负责解绳子的小个子和大个子男人还站在那里，他们知道君主大熊仍然是被捆住的，对自己没有威胁。

杰克在笼子里转来转去，它把爪子搭在三角钢架上用力撕扯，现在的笼子已经七扭八歪了。很显然，照这样下去它迟早会逃走的。人们只好把杰克拖进一个装大象的笼子。在这个大笼子里，杰克用了不到一小时在地面上挖了一个大坑，笼子也陷进了坑里，人们看不到它了。最后，饲养员只好在坑中注满了水，杰克这才跑出来。最后，他们把杰克移到一个专门设计的笼子里——有着坚固的石头地板，以及用六厘米粗、三米长的钢条做成的笼子。君主大熊在笼子里来回咆哮着，扭动那些坚不可摧的钢条，竟然把钢条扭弯了。杰克突然跳着向外爬。很多人举起长矛，丢下燃烧弹才把它赶回去。

在笼子里，杰克仍然没有放弃努力。它在笼子里转着圈，尝试着撕咬每一根钢条，检查每一个角落，希望在石板上找到一条缝，最后终于发现了一根三米长的木梁——这是笼子里唯一的一块木板。横梁表面覆盖着铁皮，只有一寸的地方露出了木头。杰克一伸爪子就能抓住横梁。它一边抓着横梁，一边使劲向外拔，一整天都没有放弃努力。这根横梁最后也被掰成两段，但横梁中间的交叉螺栓还在那里。杰克用宽阔的肩膀使劲撞击着那里，但螺栓依旧固定在横梁上一动不动。这次努力是大熊最后的希望，但最终以失败告终。

大熊抽泣着，那抽泣声就像一个灰心丧气的人发出的——希望破灭了，生命也失去了意义。饲养员依旧定点给杰克送饭，但它一动不动。饲养员试着把食物推得更近些，但是第二天早上食物还是没有被动过。杰克就像刚开始来的时候一样，躺在那里一动不动。它不再抽泣，取而代之的是时不时地低声呻吟。

两天过去了，它仍然没有进食，食物在太阳下都已经腐烂、发臭了。第三天，君主大熊杰克趴在地上，用爪子盖住嘴巴和眼睛。现在人们只能看见它轻微起伏的背部。

"它快要死了，"一个饲养员说道，"它活不过今晚。"

"快叫兰·凯利过来！"另一个饲养员回应说。

兰·凯利来了。笼子里躺着他曾经捕获的野兽，十分憔悴，奄奄一息。大熊眼眶里满是失望的泪水，此时猎人忽然心中生起怜悯之情，因为他更喜欢充满勇气和力量

霸
王
熊

的大熊。兰·凯利把胳膊伸进笼子里抚摸大熊，但它没有做出任何回应，它的身体是冰冷的，只是断断续续地发出一两声呻吟。

"让我进去。"兰·凯利说。

饲养员惊讶地嚷道："你疯了吧！我们是不会打开笼子的。"但兰·凯利坚持要进去，直到饲养员们把栅栏放在杰克面前时，才同意让他进去。兰·凯利走向杰克，把手放在杰克毛发蓬乱的脑袋上，但杰克还是像以前那样躺着。兰·凯利抚摸着自己的俘虏，和它说话。他的手摸到了杰克又大又圆的耳朵。耳朵上有一个小洞，摸起来很粗糙。兰·凯利又仔细看了看，他惊呆了。什么？这是真的吗？是的，真真切切！熊的两只耳朵各有一个圆洞，其中一个大些——这正是兰·凯利日思夜想的小杰克。

"为什么？杰克，我不知道那是你。如果我早知道那是你，我永远都不会做这样的事情。杰克，我的老伙伴，你不认识我了吗？"

但杰克仍然纹丝不动。兰·凯利迅速站起回到酒店，换上那满是烟熏和松脂松油味道的衣服，还带上了一个非常大的蜂巢，重返笼子。

"杰克，杰克！"兰·凯利喊道，"蜂蜜，蜂蜜！"他把诱人的蜂蜜放在杰克面前。但君主大熊仍然像死了一样，躺在那里。

“杰克，杰克！难道你不认识我了吗？”兰·凯利放下蜂蜜，把手放在杰克的嘴上。

杰克已经忘记了兰·凯利的声音。小时候的话语——"蜂蜜，杰克，蜂蜜。"已经失去了魔力。但杰克喜欢蜂蜜以及兰·凯利外套上的气味和温柔地爱抚，这一切叠加起来产生了巨大的力量。

将死之人可能心灰意冷，但一定会清楚地记得那些记忆深处的童年场景。熊又何尝不是这样呢？这些味道又一次把杰克带回了快乐的童年。杰克微微抬起头，只是一点点，它都无力睁开眼睛了，但它那棕色的大鼻子轻轻地抽动了几下——这表明它喜欢那气味，就像昔日那样。看着眼前的杰克，兰·凯利几乎要崩溃了。

“我不知道那是你，杰克，我永远都不会这样做了。哦，杰克，请原谅我！”兰·凯利站起身，离开笼子。

饲养员站在那里。他们中的大多数人都不理解眼前的场景，但其中一个心领神会，把蜂窝推得更近些，叫道：“蜂蜜，杰克，蜂蜜！”

充满绝望的杰克依然躺着等待死亡，但它有了模糊的新希望——它的征服者以朋友的态度对待它，这似乎就是新希望。饲养员依旧叫道：“蜂蜜，杰克，蜂蜜！”并且一直把蜂巢推到它的嘴边。蜂蜜的香味飘到杰克的鼻腔，大脑接收到了信息，杰克做出了反应。它伸出大舌头舔食蜂蜜,食欲回来了,它不再静等死亡。

饲养员们想方设法满足君主大熊杰克的每一个需求。他们提供精美的食物,所有人都希望这个大块头重获力量。

终于,杰克活了下来。

渐渐地,你会发现,杰克对人群并不感兴趣,而是向人群之外的地方看去。它有时也狂躁不安,咆哮着发泄内心的愤怒,但更多的时候还是向远处望着——期待着——盼望着——它怀有希望,莫名的希望。兰·凯利有时来看它,但杰克仍不认识他。杰克总是盯着兰·凯利的头部上方,朝向塔拉克山的方向。

很早之前的伤痕已经痊愈,但杰克耳朵上的圆孔仍然在,它的力量和尊严都在。它的眼睛无光——但看上去一点也不空洞,它经常盯着金门河——那是河流的入海口。

那条河来自高耸的塞拉斯山脉,它在那里翻滚、成长,穿过松林,越过人造的水坝,到达平原,带着洪流来到海湾。它永远追求自由的蓝色,奔腾着、怒吼着,勇往直前。

虽然杰克被困住了,但它想起了过去的经历,它每天都回忆着往日在山林里自由自在的时光。

那一次,杰克和它的爱人在山林里走着,它们没有发现人类，但是佩德罗却看见了它们。佩德罗本来打算驱赶着羊群去他弟弟那里，顺便在山脚东部狩猎，希望能逮到一两只鹿。佩德罗的黑色小眼睛落到了一对熊身上，两只熊正浓情蜜意地在树林间奔跑。杰克它们在远远低于佩德罗的地方，自感安全的佩德罗开枪了。母熊应声倒下，再也没有起来。愤怒的杰克在风中嗅着，寻找敌人。佩德罗又射了一枪，声音和烟雾暴露了他的位置。杰克爬上悬崖，但佩德罗爬上了树，杰克没有找到敌人，只好向伴侣身边走去。

可恶的佩德罗再次开枪，这是他弹药袋里的最后一颗子弹了，这颗子弹击中了杰克。棕熊再一次向枪响的地方冲去，但佩德罗已经逃走了——他向熊跨不过去的地方奔去，很快就远了。杰克一瘸一拐地回到伴侣身边，用爪子爱抚着它的伴侣，但它的伴侣已经死了。杰克保护着自己的伴侣，不让任何人再伤害它，直到它的伴侣的尸体渐渐腐烂，杰克才离开。

这里到处都是猎人、陷阱和枪支。杰克走向较低的丘陵，羊在那里吃草，它便杀佩德罗的羊，然后颠簸着离开，现在它又添了一个新伤口。那天晚上，杰克发现杀害自己伴侣的敌人的气味掺杂着熟悉的羊的气味飘了过来。杰克疼痛而又生气地跟踪着这个气味，这味道把它带入一间简陋的窝棚——佩德罗父母的房子。当杰克靠

霸
王
熊

近时,两人从后门逃走了。

"老公,"女人尖声叫着,"祈祷!我们向圣人祈求帮助吧!"

"我的手枪在哪里?"丈夫叫道。

"相信圣人!"受惊的女人嚷道。

"是的,如果我有一门大炮,再如果那是一只猫,我完全可以这么做。"

"但是现在你只有一把小手枪,咱们最好还是爬到树上去吧!"无奈的老佩德罗最后也只好爬到了松树上去。

杰克看了看窝棚,最后来到猪圈,杀死了最大的一头猪。这对它来说,是一种新的食物,最后它把猪拖走当作晚餐。

此后,杰克又多次光顾猪圈。在伤口愈合之前,它都在那里寻找食物。有一次,牧羊人又开枪向杰克射击,但他打高了,子弹从杰克的头顶飞过,它毫发无损。同时它意识到那就是危险的气味。

于是,杰克离开小山谷的窝棚,一直走到平原地带。一天晚上,杰克经过一座房子,在院子里,它发现了一个散发着甜美气味的小木桶。那是装糖用的十加仑的小木桶,桶底仍然残留着一些糖。杰克把它的大脑袋塞进桶里,结果桶边缘的木钉卡住了它的头。这下,美味带给杰

霸王熊

克的好心情一扫而光，箍在头上的木桶让它懊恼不已。杰克疯狂地挠着、怒吼着，突然，从窗口那里射来一颗子弹。木桶被子弹打裂了，杰克趁机猛地用力一摔，木桶顿时成了碎片，它终于拿开了那讨厌的"眼罩"。

　　一次次的经历与磨难让杰克逐渐意识到：它在人类居住的地方总会遇到麻烦，受到伤害。从那时起，杰克就尽量远离人类居住的地方，只在树林或者平原上猎食。直到有一天杰克嗅到了一个男人的气味，这正是枪杀它伴侣的那个敌人的气味。杰克压抑着内心的怒火，循着气味一路跟踪下去。虽然杰克体型庞大，但并没有被佩德罗发现。杰克跟着气味穿过茂密的灌木丛，到了开阔的平原地带，那气味越发浓烈了。远处一片移动着的、白花花的活物——野鹅——没有引起杰克的注意。对杰克来说，此刻最重要的就是跟踪自己的敌人。现在杰克与仇人近在咫尺，它猛地跃起扑了上去。随着杰克愤怒地咆哮，重重地一掌打在了佩德罗的头上，射杀它伴侣的佩德罗顿时一命呜呼。

　　回忆着这些，杰克仰天长吼。它想起惨死在枪下的伴侣，想起自己受过的所有的伤害，泪水涌出了眼眶……

猴子吉尼

第一章
危险的动物

　　从沃德曼的门纳吉运来的铁笼子上挂着一个牌子，上面写着：危险。动物园饲养员的头头儿约翰·波纳米好奇地凑近笼子，还没看清里面关着的动物，那家伙就极不友好地发出嚯嚯的叫声，并且愤怒地撞着笼子。因此，在波纳米看来，那个"危险"的提示的确很有必要。

　　透过笼子，波纳米模模糊糊地看到了一只不知道是长尾猴还是叶猴的动物。那是一只母猴，身形高大，就跟一座小山似的，就算是一个人站在它面前也会显得渺小。波纳米事先只知道要运来的是一只来自印度的最大、最厉害的猴子，但是没想到会这么大。

　　其他的饲养员也被吸引过来了。这时那只猴子好像有点生气了，似乎对遭人围观的情形极为不满。它对任何试图靠近它的人都充满敌意，它会愤怒地跳起来撞向面前的栅栏。这时，一个推着铲土机的清洁工趁着那只猴子不注意，偷偷地进到笼子里想打扫卫生，可那只敏感的猴子马上转过身，用爪子狠狠地抓住了那个清洁工，接着凶狠地撕咬。看到这种情形，负责管理猴子的饲养员基夫觉得有必要出面管一管那只猴子，让它懂点规矩。可谁知他刚进到笼子里，一只又长又瘦的毛茸茸的胳膊就伸了过来，不仅打掉了他的防护镜，还试图去抓他的脸。这让基夫非常生气，也觉得十分丢脸，可是旁边那些饲养员不但不帮忙，还幸灾乐祸地站在那里看热闹。

饲养员头头儿波纳米在交代了如何安顿这只猴子后就不知道去哪里了，但笼子这里的嘈杂声又把他吸引了回来。他那机灵的耳朵告诉他这里有奇怪的事情发生。他径直走到笼子前，对猴子说道："你要知道他们可都是人呀。"随后，他把那些看热闹的人都赶走了。这下子可算清静了，于是波纳米语气温和地对那只猴子说道："坐下来，我们做个朋友吧。我就叫你吉尼吧，我想我们很快就会熟悉了。"

波纳米坐在笼子前一动不动，他想通过这种方式让那只猴子冷静下来。那只猴子刚开始还怒气冲冲，目露凶光，脸色阴沉得吓人，但是在波纳米的安慰下，它慢慢地平静下来。它不再继续生气地抽动鼻子，而是将身子挪到笼子后面，蜷缩成一团。它克制着眼里的愤怒，两只瘦得皮包骨的爪子紧紧地握在一起。

波纳米觉得自己的做法有了效果，本想再坚持一会儿，谁料到一阵风吹来，把他的帽子吹走了。就在波纳米伸手去抓帽子的时候，那只猴子立马又紧张起来，惊恐地眨着眼睛，然后又叫着表达它的愤怒。这时，波纳米注意到猴子身上有很多伤痕，就试探地问道："哎呀，有人打你了吗？"

波纳米忽然想起，这只猴子是被装上帆船远渡重洋运到这里的。波纳米能够想象，在那次漫长的旅行中，那些猴子们有多么可怜。它们在航行中经受了怎样的惊吓：不停摇晃的船体，疾病的威胁，残忍地虐待以及恶劣的食物，还要挤在狭窄、肮脏的笼子里。可以想象，这只猴子有一段和人类在一起的痛苦遭遇。

波纳米从小就从事与动物有关的工作，他喜欢和动物在一起，即使是最危险的动物他也能驯服。他面对的动物越凶狠，驯养难度越大，就越能激发他的斗志和信心。他相信自己的能力，并且享受这个过程。

波纳米相信，只需给他一天的时间就可以控制住这只猴子。但是他还有其他工作要忙，所以波纳米便叫那个管理猴子的饲养员往笼子里铺一些帆布，然后送这只猴子去医院检查一下。当饲养员试图打开笼子时，金属的撞击声又吓到了这只猴子，它发狂似的乱叫起来。饲养员站在笼子外面相对安全的地方，小心翼翼地打开了笼子。要是其他的动物可能立刻就冲出笼子了，可是那只猴子却没有，它只是安静地坐在那里，蜷缩着身子，浓密的眉毛下，两眼闪着愤怒的目光。它现在反而不想出去了。

波纳米离开了，他想让吉尼单独待着，这样会更好些，因为他知道想要驯服吉尼不能着急。查斯特·菲尔德勋爵说过，想要很快地驯服动物是不礼貌的，你一定要礼貌地去驯服它们，得先和它们成为朋友。而且吉尼身上的伤痕让波纳米知道了人类在它身上犯下了罪行，所以想很快驯服吉尼是不可能的。

吉尼一整天都蜷缩在笼子里，一动不动。太阳落山时，波纳米悄悄地来了，他看见吉尼已经离开了铁笼，正坐在一边清理自己的脸和手。这可能是吉尼离开印度后第一次有机会清洁一下自己，看样子它已经喝过水了。吉尼旁边放着食物，可它连看都不看。吉尼又回到那个铁笼子里小心翼翼地来回踱步，手里一直摩擦着一些从外面的牌子上弄下来的新鲜柏油，然后它闻闻自己的手指，又走到水槽边喝了点水。它在自己的大腿上捉到了一只虱子，然后又抬头盯着那块挂在笼子外面的牌子。

吉尼一直没有吃东西，和人一样，猴子在心情不好的时候也不想吃东西，最多喝点水，然后安安静静地待着。

第二天，吉尼已经跳到了高处的架子上。饲养员对吉尼还是心存余悸，打算用长钩子把笼子拉出来。吉尼气得乱叫着向饲养员跳过去，愤怒地抓住笼子上的那个牌子。饲养员试着用钩子将它赶走，但这显然让吉尼更加生气。

波纳米曾经警告过他手下的人："不要和动物动手，以免发生冲突。和动物发生矛盾没有任何好处，只能让我们被别人嘲笑。"

这时，饲养员基夫走了过来，他对之前就在那儿的饲养员喊道："不要理那只疯猴子。"当他们两个人离开时，吉尼愤怒地朝他们离去的方向跳过去。波纳米知道基夫对吉尼做了不该做的事，所以他不想再让基夫管理吉尼了。之后，波纳米站在笼子前，又开始和吉尼说话。

"吉尼，你现在仍然觉得不好意思吗？在这里，我们都想成为你的朋友，并且真诚地愿意帮助你，你该很乐意才对呀。"

波纳米和吉尼说了将近十分钟的话。在波纳米善意的劝说下，吉尼的态度好些了，它慢慢冷静下来。它又跳到高高的架子上，皱着眉头坐在那里，像是在认真思考波纳米的话。随后，它又抬了抬眉毛，看着面前这个身材高大的人，眼神中带着疑惑，大概是朦胧地感觉到这个人和它之前见过的人完全不同。

波纳米知道是刚才饲养员的粗鲁举动激怒了吉尼，因此他在移动笼子的时候就尽量慢一些，不发出大声响。对待动物他有自己的原则，那就是不能让动物受到惊吓，也不能伤害它们，而且要经常和它们聊天，要温柔地对待它们。他知道动物不一定能听懂人类的话，但言语也不是唯一的交流方式，他相信动物们能感受到他的友好，他对此深信不疑。

经过观察，波纳米发现基夫完全不能好好地照顾吉尼，吉尼一看到基夫就变得烦躁不安。想要驯服吉尼的确是一件很难的事情，最后波纳米决定自己来做这件事。

第二章

重获新生

　　一个月的单独生活之后，吉尼完全不是刚进来时的模样了。现在，它的皮毛很干净，身上的伤口也好得差不多了，当人靠近的时候也不再那么害怕了。于是，波纳米决定让它住到那个大的表演的笼子里去。在吉尼栖身的那个笼子的最上面有一个小笼子，等吉尼进到那个小笼子里，波纳米就拉着一根绳子，慢慢地把那个小笼子和吉尼转移到那个表演用的大笼子里，这样吉尼就可以和其他的猴子生活在一起了。

　　当然，在移动吉尼的时候，它表现得很生气。但当它安全地到达地面后，吉尼连生气的心情都没有了，因为观众的热心让它有点不知所措。

　　当吉尼慢慢适应了这里的环境，找到点"家"的感觉之后，它开始攻击其他的猴子。吉尼把其他猴子赶得四处逃窜，逃到高处待着不敢靠近它。它来回地走动，喘着粗气，它那浓密的眉毛上下翻动，极不耐烦地看着外面的人。

隔一段时间，饲养员就会给它送来食物，像往常一样，吉尼仍然很生气。一次，饲养员刚转身要走，吉尼就朝他扑过去，紧紧地抓住他的腿，饲养员被咬伤了，而吉尼在被饲养员赶走时也受伤了。现在所有的饲养员都知道吉尼不是在吓唬他们，它就是一只彻头彻尾的"坏猴子"。

不过，就像人们总是对一个坏人怀着期待他变好的愿望一样，吉尼也因着它的坏，让人们对它更感兴趣了。这也刺激了波纳米，他下定决心完成自己定下的目标，好好地调教吉尼。

当波纳米喂吉尼食物的时候，吉尼会跳到高处，瞪着眼睛看着波纳米，嘴里发出不满的吼叫声。吉尼还扮着鬼脸，不停地跳上跳下，想吓走波纳米。波纳米不想自找麻烦，所以他没有进去，而是静静地站在笼子外仔细地观察吉尼。现在波纳米也确信一点，那就是吉尼胆子很大。其实这样更好，驯服一个勇敢的动物比驯服一个胆小的动物要容易得多，每一个有经验的驯兽师都知道这一点。

吉尼经常单独在笼子的角落边晃荡，偶尔发出低沉的威吓声。它还会不时地将挂在脖子上的小铃铛在肋骨上摩擦得叮当响，一会儿又跳上跳下。笼子里的其他猴子都害怕吉尼，但是波纳米发现吉尼没有伤害过任何一只猴子，即使它有很好的机会和实力去那么做。

　　有一天早上，一件不寻常的事引起了波纳米的注意：这里的一只小猴子非常怕吉尼，它总是小心谨慎地观察着吉尼的一举一动，随时准备逃跑。这会儿，那只小猴子正全神贯注地站在笼子边上，尝试着从隔壁的笼子里偷一根香蕉。小猴子一心忙着偷香蕉，根本无暇注意身边的情况。就在这时，吉尼悄悄地靠近小猴子，把手放在小猴子的背上，也饶有兴趣地看着小猴子的一举一动。小猴子并没有发现吉尼的到来，还在那边忙着，它的一个手指差点就碰到香蕉了，它努力把胳膊伸长些，再差点它就能拿到香蕉了，它又斜着身子尽量把胳膊再伸长些，最后小猴子终于成功了。它兴奋地转过身来，却意外地发现它最害怕的吉尼就在眼前。

　　小猴子一下子被吓呆了，像雕塑一样站在那儿一动不动。过了好一会儿，小猴子才反应过来，缩成一团惊慌地大叫起来。让波纳米觉得高兴和意外的是，吉尼把手抬高了一点放走了那只小猴子，并没有伤害它。这让波纳米觉得吉尼看起来非常可爱。波纳米自言自语道："好

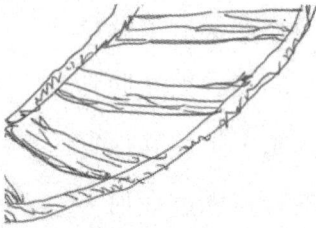

吧,没事了。我就知道吉尼不是胆小鬼,但也不是残忍的坏家伙。它只是曾经被虐待过,但是现在它已经改过了,我在一个月之内就可以驯服它。"

之后波纳米开始用他的老方法来驯服吉尼——不做任何吓到它的举动,只是慢慢地接近它。一开始,当波纳米走近时,吉尼会很警惕地跳到旁边去,渐渐地,它发现这样做一点儿意思都没有,不到一个星期就放弃了这种做法。但是吉尼有时会坐在很高的地方看着波纳米,用两只前爪不停地抓挠自己的肋骨,嘴巴噗噗地吹着气,浓浓的眉毛动个不停。波纳米会将它这样子当作在开玩笑,两个星期后,波纳米觉得自己对吉尼的管教快要成功了。

在这段时间,吉尼住的笼子一直没有被好好地打扫过,只有铲土机清洁时留下的长长痕迹。有一天,波纳米说道:"我要进来打扫一下。"他的老板劝他不要进去,担忧地说:"那是一只危险的猴子,如果它咬到你的脖子,你就完蛋了。"

但是波纳米还是执意进到笼子里去了。吉尼跳到高处不停地哼叫,跳来跳去。波纳米从一开始就一边观察着吉尼的动静,一边不停地和它说话,结果什么不愉快的事都没有发生。不过,他的老板还是一个劲地提醒他:"你千万要小心,不然你会受伤的,如果你再进去,受伤了我可不负责！"

　　波纳米知道，要驯服吉尼其实只是时间和耐心的问题了。波纳米经常来看吉尼，很温和地对待它，亲切地和它讲话，他每次来都会带一些吉尼喜欢吃的食物作为礼物。渐渐地，吉尼对波纳米的态度由厌恶变为忍受，由忍受变为感兴趣，最后由感兴趣变成了依赖。波纳米说："我永远不会忘记吉尼第一次愿意让我用棍子来摩擦它的头的情景，这让我觉得很骄傲，就好像一个板球运动员打出了全垒打。"

　　渐渐地，吉尼开始期待波纳米的到来。到了那个月的月底，吉尼已经和波纳米成为了很好的朋友。波纳米对吉尼的看法是完全正确的，事实上，吉尼的性格很好，而且非常聪明，只需要波纳米给它机会。即使是在吉尼最愤怒的时候，它都不会伤害任何一只猴子，它也从来不对女人和小孩儿发怒，它只是非常讨厌男人。但是现在，吉尼即使和男人在一起也显得十分温顺，除了基夫——那个它一直讨厌的家伙，另外，当它看到水手时它也会发怒。

　　吉尼和波纳米的友谊与日俱增。看见波纳米走近，吉尼就会亲切地跑过去迎接他。如果波纳米经过吉尼的笼子而没注意到吉尼，吉尼就会手脚并用地跳上跳下，用它的手指抓着肋骨，然后像撒娇一样发出呃呃的叫声。

现在吉尼的身体好起来了，精神气十足。它的听说能力也越来越好了，饲养员经常说："有的人的名字它都能叫出来了！"吉尼就像获得了重生，富有生机和力量，它完全克服了之前对于人类的恐惧，变得友善而活泼。它头脑灵活，总会想出点可爱的歪点子，耍点小花招，这也说明它的内心深处是非常富有感情的。波纳米不无骄傲地说，吉尼是他驯服过的最好的猴子，它甚至比一头狮子更能吸引观众的眼球。吉尼能把观众从大象那边吸引过来，然后让观众一直沉浸在它的表演里。观众的笑声和掌声让它倍感自豪，它会表演得更加卖力，这一点跟我们人类没有什么区别。在那些饲养员看来，动物园的任何动物都比不上吉尼了，他们现在都指望吉尼让他们摆脱所有的烦恼呢。

霸
王
熊

第三章
吉尼的灵魂

从吉尼来到动物园到现在已经过去三个月了。现在它简直就是动物园的大明星，很多游客慕名而来，只为了能看看聪明可爱的吉尼。大家也渐渐知道吉尼是波纳米最喜欢的猴子了。这不完全是因为波纳米把吉尼从一只坏猴子变成一只他"见过的最可爱的猴子"，更是因为在吉尼明亮乌黑的眼睛里，藏着一个如同人类的性格。波纳米对吉尼充满了感情，每天早上他上班后的第一件事就是去看吉尼。

一天早上，波纳米上班迟到了。当他经过吉尼笼子的时候，已经有很多人围在那里。隔一会儿，人群中就会爆发出一阵掌声和哄笑声。当波纳米一眼扫到吉尼正在像往常一样展示它那滑稽的姿态时，他一点都不觉得惊讶。他之前就猜到观众一定是被吉尼吸引来的，因为吉尼比动物园里的其他所有动物都更擅长逗人发笑。吉尼常常在表演一开始先用白粉笔把它的脚涂白——这是别人教它的，然后在一根紧绷的绳子上走路。它之后还学会了在用白粉笔涂脚的同时把它的鼻尖也涂白，很多观众都会被它逗得哈哈大笑。吉尼还有另一个绝活儿：它会走到那个写着"危险"的牌子前面，翻身上去用两只后腿勾住牌子，然后不停地晃动身体，直到它的两只胳膊抓到比腿的位置更高的地方，再干脆利落地翻身下来。虽然动物园给出了文字提示，警告游客们不要靠近猴子们，但有些女人们还是会忍不住好奇，走到栅栏旁边，去拽一些猴子的尾巴，那些猴子一般都是蜷缩在一起，背对着游客。而吉尼呢，当那些女人走近时，它会一把将她们的帽子抢走戴在自己的头上，然后继续表演，那滑稽的样子逗得远处的游客发出一阵又一阵的笑声。很显然，吉尼非常喜欢这些笑声，因为这说明它很厉害，能把游客逗乐是它最大的骄傲。很多猴子都与人有相似之处，这很正常，但吉尼在这点上表现得非常明显。波纳米打心底里喜欢吉尼，聪明的吉尼令他倍感自豪。

　　对于那些很活泼的游客，吉尼也会做些恶作剧逗他们开心。有些小男孩会丢一些花生给它，但吉尼不屑一顾，因为它身边已经有很多花生了，这算不上什么稀罕的美味；还有些大人会把棒棒糖丢进来，这时候吉尼就会跑过去霸道地把其他猴子拿到的棒棒糖抢过来。因为吉尼是这个笼子里最大的猴子，所以其他的猴子都不敢和它抢东西。那些被吉尼抢走棒棒糖的猴子只能眼巴巴地看着吉尼把棒棒糖一口一口地咬开，然后一点一点地吐出来，他们只能努着嘴既羡慕、又嫉妒。随后，在游客们持续的欢呼声中，吉尼又开始翻着筋斗越过那个牌子。

有一次，吉尼再次将它的身子紧贴着那个牌子，像往常一样表演逗游客开心。正在这时，意外发生了，一个粗鲁的男人竟然抓起一根很长的尖棍子向表演中的吉尼的肚子上戳去。吉尼大叫了一声，摔到了地上。这下，笼子里突然骚动起来，其他猴子也受了惊吓，而聚在高处的猴子则纷纷跳了下来。笼子外面的游客则纷纷指责那个伤害吉尼的人："你这人太过分了！"那些站在后面的游客都想挤到前面来看看究竟发生了什么事。

人类为什么要如此残忍地对待动物？真不知道那个可恶的家伙是怎么想的，他在伤害了吉尼之后竟是一脸的开心。吉尼痛苦地叫了一声之后就躺在了地上，它拖着受伤的身体，爬到了笼子的角落处。它不停地呻吟着，两只手捂在伤口上，显出很痛苦的样子。游客们都朝吉尼那边聚了过去。大家都在纷纷议论着，有人说："管理员在哪里？"有人说："叫警察过来。"还有人说："应该把那个坏人抓起来。"

笼子前的嘈杂和混乱让波纳米有一种不祥的预兆。他急匆匆地跑到那里，焦急地大叫着："发生了什么事？"大家七嘴八舌地都在回答他。其中有一个人说："吉尼受伤了。"另一个小男孩激动地嚷道："我看见那个坏人伤害了吉尼，他用一根尖棍子戳了吉尼，然后吉尼就掉下来了。"可那个伤害吉尼的家伙早就跑得无影无踪了。算他走运，不然的话，波纳米一定会冲上去狠狠揍那个人一顿。

吉尼一直坐在笼子的角落里痛苦地呻吟着。值班的饲养员想进去看看它，可是此时的吉尼又像刚来时的那样，一看见有人靠近就龇着牙狂叫着，吓得那个饲养员不敢靠近。波纳米匆匆地跑到笼子门前，想进去看看吉尼的伤势。这时他的老板也赶来了，老板不让波纳米进去，他对波纳米说："我建议你现在最好不要进去，吉尼现在非常危险，你是知道它的脾气的。"的确，没有任何人比波纳米更了解吉尼的脾气，但是他最后还是义无反顾地进去了。

吉尼坐在笼子最靠里的角落，手捂在伤口上，不停地呻吟着，眼神中充满了敌意。当波纳米走近时，吉尼愤怒地叫起来，但是波纳米并不害怕，他慢慢弯下身子，然后开始和吉尼讲话。

"吉尼,吉尼,现在我想帮助你,你不相信我吗,吉尼?"

吉尼慢慢地平静下来。波纳米把吉尼的手拿开,仔细检查它的伤口,吉尼乖乖地,没有拒绝。波纳米检查了一下伤口,伤口不大,但是很深。波纳米用消毒水认真地清洗了伤口,然后用绷带把伤口包扎好。在波纳米处理伤口的过程中,吉尼一直痛苦地呻吟着。当波纳米处理好伤口准备离开的时候,吉尼又像往常一样和他告别,发出呃呃的声音,舍不得波纳米离开,但是波纳米不得不离开,他还有别的工作要做。

第二天早上,吉尼的伤并没有好转,它还把绷带撕开了。波纳米生气地对它说:"吉尼,你真不听话。"波纳米又重新把绷带给吉尼绑好,吉尼用胳膊挡住自己的眼睛,任由波纳米重新把绷带系起来。可是,波纳米刚转身要走,吉尼马上又把绷带撕开了。波纳米只好走回来,边教训它边给它重新绑好绷带。虽然吉尼看上去有点难为情,但它还是一次次撕坏绷带,波纳米也只好一次次地跑回笼子里来。

波纳米每天都会抽时间来看吉尼两次,吉尼总是坐在笼子的角落手捂着伤口,不停地呻吟。只有在看到波纳米之后,才马上变得精神起来,对着波纳米发出友善的声音。吉尼的伤势一直不见好，甚至还恶化了，伤口肿得老高，流着污浊的脓水。吉尼越来越依赖波纳米了，每当波纳米要离开的时候，吉尼就变得烦躁不安。后来的情形就是：波纳米要走的时候，吉尼就会抓住他一直呻吟，求波纳米不要走。除了波纳米，吉尼还是不让其他人接近它，波纳米真不知道这样下去该怎么办——他不能一直陪着吉尼，他手头上还有很多其他的工作啊！

有一天，波纳米终于想出了一个两全的办法——把吉尼带在身边。当他把这个想法告诉老板之后，老板觉得他简直是疯了，但是波纳米却不在乎。他用手抱着吉尼，吉尼也用双手搂着波纳米的脖子，就像一个离不开父母的小孩子一样。

波纳米把吉尼带到了他的办公室，让它坐到一把椅子上。吉尼好像很开心，它抓着波纳米裹在它身上的方巾，眼睛一直盯着坐在旁边工作的波纳米。

时间一长，吉尼会发出叫声，波纳米就会伸出自己的手抚摸吉尼的头。这让吉尼很开心，它会轻轻地咕哝两声，然后便安静下来。但是，每次波纳米有事要离开办公室时，吉尼都表现出不安和失望。这让波纳米心里很不好受，于是他索性推掉了所有要离开办公室的工作。波纳米是那么喜欢吉尼，也知道吉尼活不了多长时间了，他愿意抽出更多的时间陪它。

现在，波纳米的一日三餐都在办公室里解决了，他让一个同事把饭菜给他带到办公室来。又过了一段时间，吉尼好像真的要断气了，它连坐都坐不起来了，那双眼睛也不再像最初那样出神地盯着墙上挂钟一下一下跳动的指针了，甚至看波纳米时眼睛里也一点生气都没有了。于是波纳米在自己的办公桌旁挂了一个小吊床，这样吉尼就可以躺在吊床里守着波纳米了。当波纳米工作得好像要忘记吉尼时，它就会发出声音提醒波纳米意识到它的存在。于是，波纳米就会轻轻地摇一下吊床，让吉尼开心一点。吉尼最不喜欢波纳米趴在桌子上做记录，因为那样的话，波纳米就不能看到它了。为了讨吉尼开心，波纳米做记录时总是将左手放在吉尼的头上，然后用右手做记录。吉尼则用一只手捂在伤口上，另一只手紧紧地抓着波纳米放在自己头上的左手。

一天晚上，波纳米给吉尼喂了一些汤，然后像往常一样把吉尼放进吊床里。当波纳米准备离开时，吉尼又开始呻吟，而且它已经预感到自己就要死了。吉尼用微弱的声音不停地叫着，波纳米也感觉情况不太妙，于是他拿了个毯子过来，睡在办公室里陪着吉尼。快九点的时候，吉尼那只抓着波纳米的手已经没什么力气了，这时波纳米还在忙着做记录。吉尼发出微弱的呜咽声，显得极为虚弱。波纳米心里很难受，他俯下身来开始和吉尼讲话，同时紧紧地握住吉尼的手，好像要为吉尼的生命注入力量。波纳米轻轻地抚摸着吉尼问道："吉尼，你还好吗？"吉尼把波纳米的双手紧紧地贴在自己的胸口上，它的身体在发抖，慢慢地，吉尼的双手无力地垂了下去。波纳米知道吉尼已经死了。那个夜晚，波纳米一直静静地陪在死去的吉尼身边。他回忆着这些日子与吉尼相处的点点滴滴，心里万分悲痛。

波纳米是一个身材强壮、内心坚强的人。但是当他和我讲述这个故事的时候，他抑制不住自己的感情，泪流满面。最后，他跟我说："我把它葬在那个大家用来埋葬自己宠物的角落，并在它的坟墓前立了一块光滑的木板作为纪念碑，在上面我写着'吉尼，世界上最好的猴子'。"

在我写完这个故事的时候，我想到了吉尼住过的那个笼子和那个挂在笼子上的木牌，那木牌上写着大大的两个字：危险。

霸
王
熊

淘气的小浣熊

第一章

安　家

三月里，春天唤醒了大森林。绿色染满枝头，野花铺满空地，鸟儿们的歌声在林间回荡。

太阳落山，夜幕降临，一轮皎洁的明月缓缓地升上天空。热闹了一天的森林也慢慢地安静下来，仿佛也要沉沉睡去。

林中的小路上忽然冒出两只毛茸茸的家伙。它们行动敏捷，步履轻快，即使踏在枯枝败叶上也几乎不发出任何声响。当然，它们还是没逃过枝头上那只猫头鹰锐利的眼睛。猫头鹰明显比狐狸要大得多，而且身后的大尾巴又粗又蓬松。看到它们尾巴上深浅交错的环纹，就可以断定这是两只浣熊。

走在前面的那只，个头稍小但是肚子却圆滚滚的，边走边好像在对身后个头大些的那只发着牢骚。大个子跟在小个子后面，乖乖地忍受着小个子的牢骚和埋怨。森林中的居民看到这情形就能猜到，这是一对浣熊夫妻。这会儿，它们正忙着寻找一个可以安身的家，不是为自己，而是为即将出生的浣熊宝宝们。

浣熊总是把家安在树洞中。虽然森林里到处都可以找到现成的树洞，但是挑剔的浣熊只喜欢把家安在临近水源的树洞中。它们深知水在它们生活中的重要性：有水的地方才有丰盛的食物，有水的地方才能把它们喜欢吃的食物洗干净。

为了找到理想的家，它们现在急匆匆地穿过一丛又一丛茂密的灌木丛，焦急地寻找着、寻找着。最终，在小溪和河流的交汇处，它们如愿找到了一棵枯死的枫树。这棵枫树足够高，任何敌人都无法威胁到它们的安全；枯死的树根扎入地下很深，即使狂风也无法把它吹倒。树旁的沼泽地为浣熊的家提供了天然的安全屏障，而树下奔淌的溪流则为浣熊们提供了丰富的食物。

它们爬上树，惊喜地发现枯树上的那个树洞很大，它们可以毫不费力地爬到里面去。洞里还铺满了软软的木屑，洞外粗壮的树枝正好挡住洞口，隐蔽又安全。当然了，洞口旁的粗树枝给浣熊提供了一个天然的平台，天气晴好时，它们可以懒懒地趴在上面晒太阳。

这个舒适的树洞可是浣熊夫妻千辛万苦才找到的最完美的家。

霸
王
熊

第二章
新生的浣熊宝宝

　　四月的时候，浣熊妈妈顺利地产下一窝小宝宝。五只可爱的小家伙和它们的爸爸妈妈一样"戴"着黑"眼罩"，长着有环纹的小尾巴。在浣熊妈妈的精心呵护下，小家伙们长得很快。一个月后，它们就可以在晴好的天气里走出树洞，并排坐在洞口旁的粗树枝上享受日光浴了。远远望去，探头探脑、挤来挤去的几个小家伙真是可爱极了。小浣熊宝宝们虽然一块出生，但是现在它们的性格大不相同。尾巴圆而短的小家伙胆子最小；毛色发灰、胖嘟嘟的那只是个慢性子，总是最后一个走出洞；而那只脸上绒毛格外黑、身体最强壮的小家伙最调皮，没有一刻消停——它就是我们这个故事的主人公路阿特查。

现在，这五只小浣熊的生活很简单。它们还太小，而树下太危险，所以爸爸妈妈严禁它们到树下去。它们每天的大部分时间都待在洞里吃饱喝足睡大觉，至于其他的，爸爸妈妈可不用它们来操心。一天中，五个小家伙唯一可以出洞做的事就是挤在大树枝上晒太阳。它们越来越强壮，胆子也越来越大，总想着离开这个晒太阳的大树枝到上面或者下面去看看。每当哪个淘气的小浣熊有不安分的举动时，浣熊妈妈就会紧张生气地对它呵斥一番，直到小浣熊乖乖地爬回来。小家伙们不知道什么是危险，但是妈妈很清楚：树洞下面的树干没有树皮，表面很滑，弄不好就会掉下去。

淘气包路阿特查（其实妈妈管每个孩子都叫"乌呃"，只是叫路阿特查的时候，妈妈会将音量提得更高）曾经因为去爬那一段没有树皮的危险树干，已经被妈妈严厉地警告过两三次了。但妈妈越是警告它，它对那段没有树皮的树干越是感兴趣。那天，当妈妈在树洞里面忙其他事的时候，小路阿特查就悄悄地沿着平时它们晒太阳的树枝，小心翼翼地爬向那段光滑的树干。因为妈妈几次三番地警告，小路阿特查往下爬的时候也有点紧张。为了防止摔下去，它尽可能地抓住任何可以抓住的东西，一点一点地往下蹭。忽然，它脚下一滑，来不及抓住树干就从上面掉了下去。小路阿特查正好落到了大树下面的小河里，湍急的河水一下子没过了它的头顶，灌进了它的嘴巴和鼻子里。被水呛得透不过气来的路阿特查在水里挣扎着，忽然，它感觉河水把它托了起来！现在，路阿特查浮在了水面上，但是它根本无法控制自己的身体，只能随着水流往远处漂去。

其他的浣熊宝宝们被眼前的场景吓呆了，大呼小叫地喊着妈妈。浣熊妈妈赶紧从树洞里跑出来，看到自己的孩子正随着水流漂向远处，立刻爬下树、顺着河岸追过去。在河流的转弯处，小路阿特查幸运地被冲到了沙滩上。见到自己的孩子安全了，浣熊妈妈才长长地出了口气。

狼狈不堪的小路阿特查爬上岸来，垂头丧气地跟着妈妈往回走。到了大枫树下，也许是妈妈想给小路阿特查一点教训，便径自爬上了树，站在孩子们平时晒太阳的大树枝上低头看着下面的小路阿特查。小路阿特查只能靠自己了，它学着妈妈的样子，用爪子勾住树皮的裂缝费力地往上爬。当小路阿特查爬到那段光滑的树干时，它再也不敢动了，看来它真是害怕了。浑身湿透的它绝望地发出一声沮丧的哽咽，可怜兮兮地看着自己的妈妈。还在生气的妈妈本来想扭身回树洞里去，但是看到孩子的可怜相，听到孩子的哀求声便忍不住心疼起来。

她转过身,爬下树,用力拽着小路阿特查的脖子,把它搁在自己的两肢中间，带着它爬过那段光滑的树干，来到洞口旁。作为对小路阿特查的惩罚，妈妈狠狠地在它的小脑袋瓜上敲了几下。

第三章
第一次下树捕食

两个多星期后的一个月圆之夜，浣熊妈妈觉得是时候带着孩子们去树下接受训练了。浣熊是夜行性动物，成年浣熊的夜视能力非常强，但是对于刚开始接受训练的浣熊宝宝来说，它们在晚上需要借助月光才可以看清周围的一切。

为了确保孩子们的安全，浣熊爸爸首先爬下树，在大枫树周围仔细地巡查了一番，在确保周围安全之后才给浣熊妈妈发出信号。现在浣熊妈妈的主要任务就是教孩子们如何安全地到达地面，尤其是教孩子们怎样通过那段没有树皮的光滑树干。浣熊妈妈首先给孩子们示范了一下，原来在光滑的树干背面有两道裂缝，只要紧紧地抓住这两道裂缝，它们就可以顺利地爬下去。小浣熊们照着妈妈的样子，一个接一个地顺利地到达了地面。最高兴的就是小路阿特查了，它对那段光滑树干的恐惧一下子就消失了。

对于一直待在安乐窝里、第一次来到地面的浣熊宝宝们来说，地面上的一切都是那么的新奇。它们看到什么东西都要凑过去摸一摸、嗅一嗅——石头、圆木、小草、土壤、泥巴……凡是看到的都不放过。它们兴奋地在树木间追逐打闹着。但是当它们站在河边、看着月光下那亮晶晶的水流时，又都安静下来，一脸困惑的样子。兴许是小路阿特查的遭遇让它们对水既感兴趣，又有点恐惧。

对于小浣熊们的爸爸妈妈来说，还有更重要的事要做：不仅要让孩子们知道水在它们的生活中有多重要，还要让它们学会如何在水中捕食。你们曾经见过浣熊在水中捕食的情形吗？它们静静地站在水池旁边，将手掌快速地插进水底的泥巴里。它们敏感而锋利的爪子可以抓到青蛙、小鱼、螃蟹等小动物。抓到猎物后，它们会在水中反复清洗猎物身上的淤泥，直到洗得干干净净才会将猎物放到嘴里。当然，它们在捕食的时候，还会时刻注意周围的一切动静，随时准备应对危险的发生。

现在，爸爸和妈妈把五个小家伙带到了小河边。爸爸警觉地观察着周围的情况，妈妈则不厌其烦地给孩

霸
王
熊

们做着示范。妈妈一次次地将手掌迅速地插进淤泥里，手从水里抽出来的时候总是抓着好吃的小动物。小家伙们来了兴致，没有了对水的恐惧，它们也学着妈妈的样子将手掌插入水中，摸索着食物的"藏身之地"。当爽滑的泥巴穿过它们的手掌时，这种从未有过的感觉让它们觉得奇妙极了。它们会时不时地碰到水草的带状根，或者一块会动的"泥巴"。这个会动的"泥巴"究竟是什么，又将会带给它们怎样的惊喜呢？小浣熊们天生就知道，那应该就是它们在水中要抓住的食物。这会儿，抓到东西的小路阿特查兴奋地想要马上品尝一下。它迅速地把抓到的东西塞到嘴巴里，发现那块会动的"泥巴"竟还在嘴里活蹦乱跳。于是，它连忙用牙齿紧紧地咬住它，但此时，它的嘴里面也满是难吃的泥巴。它大口大口地吐出嘴里的泥巴，然后学着妈妈的样子在清澈的水里把食物洗干净后，才狼吞虎咽地吃起来。

第一次下树学习捕食让孩子们兴奋不已。它们一次次地将手掌插入水中，虽然很多时候抽出来的手中只有顺着指缝流淌的泥巴，但这丝毫影响不了它们的兴致。每当有所收获的时候，它们就会扬起手臂炫耀一番。唯独路阿特查的那个短尾哥哥，因为胆小不敢离妈妈太远，最后几乎什么也没有学到。

这会儿，小路阿特查正站在水中的一个木桩上，想方设法地去抓水中月亮的倒影。它是那么渴望抓到那美丽的"月亮"，但是每次把手伸进水里，"月亮"就碎了，可等它把手缩回来待上一会儿，那"月亮"就又出现在那里。它开始还不甘心，一次次地尝试着，但是失败了无数次后，它只能放弃了。

小路阿特查又慢慢地走回到河边，学着妈妈的样子，仔细观察水流的变化，然后迅速地把手插进淤泥里。一无所获的时候，它也会模仿着妈妈的姿势丢掉那些好像在动的水草的块根，或者像爸爸那样咆哮着将泥巴丢出老远。对路阿特查来说，这个学习的过程充满了乐趣。当小路阿特查灵活的小手指准确地抓到藏在泥巴里滑溜溜的青蛙时，它欣喜若狂，连后背上的毛发都猛地竖立起来。它激动得喘着粗气，兴奋地将抓到的青蛙带到妈妈面前炫耀。这次，小路阿特查可没忘记第一次的教训。在吃青蛙前，小路阿特查尽可能地将它洗干净，然后才有滋有味地品尝起来。

突然，在不远处负责警戒的爸爸发出了危险的信号。这信号只有妈妈能听懂，先是一声低沉的喘气声，就像是呼呼声，紧跟着又传来了一声哼哼。听到这些信号，妈妈立刻低喝了一声，将小浣熊们都召集到自己身边。对于这五个浣熊宝宝来说，它们对这些信号还一无所知，但妈妈紧张的样子让它们感受到了莫名的恐惧。

一会儿，离河岸较远的地方就传来了一阵令小宝宝们战栗的咆哮声，显然，那是它们看不到的敌人发出的。浣熊妈妈立刻带着孩子们迅速撤离，照看着孩子们回到了树洞中。过了好一会儿，浑身湿漉漉的爸爸才爬上树干。原来，浣熊爸爸为了甩掉敌人的追踪，故意绕了一个大圈子，将敌人引开后才返回家来。

对于小路阿特查来说，这天晚上发生的事让它学到了很多东西。它不仅享受到了在水中捕食的快乐，也知道了要时刻保持警惕应付身边无处不在的危险。当然了，现在的小路阿特查满脑子还是那只胖嘟嘟、滑溜溜、鲜美多汁的小青蛙给它带来的快乐，它多么渴望能再一次抓到这样的美味呀。

第四章
神秘的第六感

你听说过神秘的"第六感"吗？说它神秘是因为它总是毫无预兆地出现在我们的思想里，使我们能预知将要发生的事情。动物的第六感比我们人类要敏锐的多，尤其是正在哺育小宝宝的那些动物妈妈们。正是因为这些妈妈们太爱自己的孩子了，所以它们的第六感才会这样敏锐。现在的浣熊妈妈就是这样，昨晚捕食训练中突发的危险让它心里非常不安，因此，今天晚上它推迟了让孩子们下树的时间。

几个无可奈何的小家伙只好趴在平时晒太阳的树枝上，迫切地等待着妈妈准许它们下树的时刻。它们也学着爸妈的样子，伸长脖子观察着周围的动静，不过时间一长，它们都有点不耐烦了，何况肚子已经饿得咕咕叫

霸
王
熊

了。小路阿特查着急得直用爪子挠树干，但是在妈妈面前，它还是能控制住自己的。夜深了，浣熊爸爸顺着树干爬了下去，不一会儿它又爬回了树干。小浣熊们本以为有希望下树了，哼哼唧唧地叫起来，但是警惕的妈妈也不理会它们，仔细聆听着周围的动静，仍然不肯让孩子们下树去捕食。

午夜时分，月亮高高地挂在天空，周围一片寂静，妈妈终于允许孩子们爬下树干了。憋了整整一天的小浣熊们完全不顾周围的情况，尽情地沿着河边追逐打闹。直到疯够了，才站到河边的淤泥里认认真真地练习捕食。相对于昨天，孩子们进步很快，小路阿特查很快就抓到了一只青蛙，其他几个弟兄也都有收获，连胆小的短尾巴哥哥也抓到了一只螃蟹。宝贝们把手中的猎物在水里清洗着，向自己的兄弟炫耀着，然后美滋滋地吃起来。此时，对于这些可爱的小浣熊来说，周围的世界是如此美好，完全不用担心会有任何危险的事情发生。

忽然，河滩上一个有着两片硬壳的怪家伙吸引了小路阿特查。它凑上去用鼻子闻了闻，感觉这一定是不错的美味，于是就一口咬住了它。让路阿特查意想不到的是，那两块奇怪的骨头一下子夹住了它的舌头。这可把小路阿特查吓坏了，它赶紧大声地向妈妈求救。听到小路阿特查的呼喊声，妈妈立即跑过来。小路阿特查早已疼得一直蹦。幸运的是，妈妈以前见过这样的贝类，它抓住小路阿特查口中那个怪东西，用力地敲打。最终，妈妈帮助小路阿特查扯下了这个贝壳。脱离险境的小路阿特查抓起两扇贝壳中那块鲜嫩的肉，在河边清洗干净后就美美地吃了起来，完全忘了刚才尴尬的那一幕。

孩子们兴高采烈地捕食时，浣熊爸爸正站在一个树桩上，拼命地嗅着、听着周围的一切。此时，妈妈也没有心思去捕食，强烈的第六感提醒它：现在很危险，必须赶快带孩子们回到树洞中去。

妈妈的决定让玩得正高兴的小浣熊们很沮丧，它们极不情愿地跟在妈妈身后往回走。不用说，贪玩调皮的小路阿特查是最不情愿的。在小路阿特查看来，此时此刻待在这里捕猎才是对的，完全没有理由回到窝里去。但是又能怎么样呢，它必须听妈妈的话，妈妈的爪子强壮有力，而爸爸的暴脾气它是领教过的。就这样，五个无可奈何的小家伙只能无精打采地跟着爸妈回到了树洞里。

它们刚回到树洞里，就听到从山坡那边传来三声红狐狸的叫声。它们住的大枫树附近还传来了一只云雀响亮的歌唱声。但是现在，浣熊妈妈完全没有心思去听云雀动听的歌声。随后，从比较远的地方又传来了杂乱而微弱的声音。小浣熊们并不会注意到这声音，但是妈妈听到后变得非常紧张，连浑身的毛都直立起来了。这个奇怪的声音混杂在林子里的其他声音里，听起来更加微弱。但妈妈能够辨别出来，它知道这是枪声，一会儿远方又传来了一两声狗叫。

声音越来越近。不一会儿，一群牵着狗的猎人就出现了，他们正在驱赶居住在树林里的各种动物。红狐狸偷偷地溜走了，也恰好将凶狠的猎狗从浣熊们住的枫树旁边吸引开了。浣熊爸爸和妈妈知道，今晚它们逃过了一场极其危险的灾难。

第五章
领地之争

第二天的晚上，当月亮穿过三四棵树高高地挂上天空后，浣熊妈妈才准许孩子们下树去捕食。当然，妈妈已经提前仔细地观察了周围的情况，在确认安全后才做出这个决定。

小浣熊们本以为它们会和往常一样，就在附近的河边捕食，但是妈妈却一直没有停下来捕食的意思，一直带着它们往小河的上游走去。一路上，孩子们总能看到河边有蹦跳的青蛙，但是妈妈就跟没见到一样，还是带着它们一个劲儿地往前走。

直到它们一家来到一个大堤坝前，浣熊妈妈才让它们停了下来。哗哗流淌的河水到这里就被堤坝拦住了，在这里形成了一个大水池。这会儿，浣熊妈妈将孩子们护在自己身后，然后弯下腰匍匐在地面上，它浑身的毛都竖着，低声咆哮起来。此刻，浣熊爸爸也来到妈妈身边，怒气冲冲地盯着前面。小浣熊们搞不清发生了什么事情，于是纷纷把头昂得高高的，想看清前面的情况。这会儿它们看清了，原来在它们前面有一些猎手正在贪婪地捕食青蛙呢！这些猎手也那么熟练地将手掌插到水里，抓到青蛙，洗干净后就吃起来。它们还发现这些猎手也有着和自己一样的体型和带环纹的尾巴——它们也是浣熊！

在动物界，捕食领域可是一个十分严肃的问题，为了捍卫自己的领地，它们会舍命一搏。浣熊也是这样，首先发现某个捕食区域的浣熊家族会在这块领地周围留下自己的气味，以此来宣示主权。一旦有敌人进入自己的领地，最直接的解决办法就是武力，胜利的一方将拥有这块领地的主权。

其实，堤坝附近的这块捕食区域是属于小路阿特查一家的，只是由于最近几周爸爸妈妈为了更好地照顾浣熊宝宝们才没有到这块离家较远的领地来捕食。因为长时间不来，所以它们原先留下的气味标记已经淡得嗅不出来了。于是，另一个浣熊家族占领了这块领地，并在这块领地做了气味标记。现在，双方都把对方当成了入侵者，争夺领地之战在所难免。

小路阿特查的爸爸高高地站起身子，全身的毛发直竖，沿着大堤的边缘慢慢地走向了这一群捕食者。另一个浣熊家族的几只小浣熊看到这情景，都害怕地躲到了它们的妈妈身后，而它们的爸爸也像小路阿特查的爸爸一样站了起来，竖着全身的毛迎着小路阿特查的爸爸走过来。它们都发出了示威似的低吼声，那意思就是："那边的那个家伙，马上滚出我的领地，不然的话我就揍你一顿。"然而，双方都不示弱，都觉得自己才是这块领地的主人，为了捍卫自己家庭的利益必须赶走入侵者。所以，它们慢慢地逼近对方，愤怒地对视着，随时准备出击。而在它们身后，小浣熊们都躲在各自的妈妈身后，瞪大眼睛注视着这一切。

　　浣熊们在决斗时，通常用它们强壮的脖子或者肩膀来进行防御，进攻时则总是把对方扑倒在自己的身下。小路阿特查的爸爸贴近对手率先发起进攻，可惜偏了那么一点点。它仍有机会给对手致命一击，但也被对手巧妙地避开了。就这样，它们两个一来一回地进攻和躲闪着，它们实力相当，一时很难分出胜负。后来它们紧紧地纠缠在一起，互相撕扯对方，最后都滚进了水里继续撕扯。而此时，两个家庭的其他成员也开始激烈地争吵起来。

　　终于，双方停止了争斗，大家都感到筋疲力尽了。现在它们都认识到了，进食比打斗更重要，尽管双方都存着戒心，也会怒目而视、偶尔发出充满敌意的低吼声，但两个家庭都开始沿着水池捕食，一个浣熊家庭在厚厚的枯叶里面，而另一个浣熊家庭则在枯叶的外围。由于这里的食物足够供给两个浣熊家庭，它们最终变成了相安无事的同盟。小浣熊们一直吃到肚子鼓鼓的，再也吃不下去为止。现在，小路阿特查它们倒乐意回到树洞里好好睡上一觉。

第六章
不听话的后果

　　慢慢长大的小路阿特查开始对妈妈的一些做法表示不满，比如说，它想去上游捕食的时候，妈妈却选择去下游捕食。天真而又倔强的小路阿特查就盼着在晚餐的时候有一些让妈妈不安的噪音出现，这样的话，妈妈的注意力就不会在它身上了，它就有机会自己做决定了。当然了，前提是它不怕岸边石头上的那种奇怪的麝香味，那种气味可是妈妈一再警告它们远离的呀！不过，小路阿特查当然不怕，不就是一股奇怪的味道嘛，有什么好大惊小怪的呢？

　　这天晚上，小路阿特查一家像往常一样出去寻找晚餐。在仔细嗅过风中的味道之后，妈妈决定带着全家去小河的下游觅食。但是让小路阿特查着迷的却是上游独特的风景，于是它偷偷调头想去上游。可它刚一调头就被妈妈发现了，没有办法，小路阿特查只好极不情愿地慢吞吞地跟在队伍后面。

半路上，小路阿特查突然发现河边的水中有一丝动静，它马上跳进水里，干脆利落地抓到一只味道鲜美的大龙虾。然后它熟练地将龙虾在水里洗干净，美滋滋地把龙虾的肉吃个精光。这次成功捕食让小路阿特查非常开心，它自信已经长大了，可以独立捕食了。于是，小路阿特查径自调头向上游走去，它要按照自己的意愿去觅食。

在湍急的河水里，小路阿特查取得了一两次小小的成功，自信满满的它却不知道危险就在它身边。前几天，印第安捕兽人皮特无意中发现了这个水池，在仔细观察了水池周围的足迹后，他断定这里应该是麝鼠和小浣熊经常出没的地方。于是，皮特就在水池松软的泥巴里埋下了一个捕兽器。为了防止陷阱被狡猾的小动物们识破，皮特先用泥巴把捕兽器埋好，之后又在捕兽器附近放了一块沾有动物油和麝香香料的破布当作诱饵。

太好了！当嗅到那股让"胆小"的妈妈害怕的味道后，小路阿特查一阵惊喜。现在，好奇的小路阿特查决定尝尝这东西，看看是不是像妈妈说的那么可怕。"猎物"一动不动，在确定美味周围没有危险后，小路阿特查走到食物跟前嗅了嗅，充满诱惑的味道让它忘记了妈妈的警告。小路阿特查猛地扑向这新鲜的食物，就在这个时候，一个奇怪的东西快速地弹了出来。小路阿特查还没反应过来，就被皮特埋下的那个铁质捕兽器牢牢地抓住了。

现在，小路阿特查终于想起自己的妈妈了。惊慌失措的它发出了一声求救的长啸，但由于自己走得太远了，妈妈根本听不到它的求救声。可怜的小路阿特查这会儿又想起了妈妈帮助自己破开贝壳的场景。于是它拼命地想咬碎或者甩掉这个夹住自己的东西，但不管它怎么用力还是无济于事。这个困住小路阿特查的捕兽器以极其坚硬的弯曲部分紧紧地扣在了小路阿特查的小腿上。整个晚上，小路阿特查都在不停地长啸、呜咽并努力挣扎，但它既没有唤来妈妈，也无法逃脱这个可恶的捕兽器。当太阳升起来的时候，小路阿特查已经精疲力竭，嗓子也沙哑了，它陷入了恐惧与绝望中，不知道自己将要面临怎样的厄运。

印第安捕兽人皮特来了。他惊奇地发现，自己的陷阱竟然捕捉到了一只小浣熊。这个小家伙全身冰冷，因为恐惧而浑身剧烈地颤抖着。被捕兽器折磨了整整一晚的小浣熊已经变得非常虚弱，甚至都没有力气张开嘴巴。

皮特将这个可怜的小家伙从捕兽器里解救出来，然

霸王熊

后把它丢进了袋子里。谁知道这个捕猎手将会怎样处置可怜的小路阿特查呢？在回家的路上，皮特顺道拜访了一下自己的老朋友皮格特，高兴地向他展示着今天的收获——一只可怜的小浣熊。

现在的小路阿特查除了绝望、无助，就是后悔，可后悔又有什么用呢？它多么想乖乖地听妈妈的话，不再淘气，不再那么自以为是呀！它多想躺在舒适的树洞里，老老实实地趴在大树枝上晒太阳呀！但是它也知道，说什么都晚了。

皮特手中的小路阿特查吸引了皮格特大女儿的目光。小浣熊是那么可爱，这个小女孩儿一下就喜欢上了它。她把小路阿特查抱在自己的怀里，用手轻轻地抚摩着。而折腾了一夜，身体冰凉又虚弱的小路阿特查也真切地感受到了舒适和温暖，听话地躺在小女孩的怀里一动不动。小女孩儿撒娇似的请求爸爸买下这只小浣熊，爸爸最终答应了她的请求。

第七章
在农场的生活

就这样，小路阿特查进入了一个全新而又陌生的家庭。在孩子们的精心呵护下，没过几天，小路阿特查被捕兽器夹伤的腿就全好了。它和猎人的孩子们玩得非常开心，慢慢地，它甚至忘记了自己的父母和兄弟姐妹。现在，小路阿特查每天都能吃到各样美味的食物而不是一成不变的青蛙。但是一有机会，它依旧喜欢将自己的爪子插入到水中的泥巴里。它不像其他家养的动物那样喜欢吃面包、喝牛奶。它喜欢用爪子抓起面包，把面包撕成一片一片的当作玩具玩。而每次喝牛奶的时候，它总是会故意把牛奶打翻在地。

在新的家庭里面，小路阿特查最怕、最讨厌的就是那条狗——罗伊。在猎人家，罗伊可是身兼数职：牧羊犬、看门狗、巡查狗，甚至还是看守仓库的巡逻狗。小路阿特查第一次见到罗伊的时候，就对罗伊充满敌意，冲它大声咆哮。每当它们两个靠近的时候，你就可以看到它们身上的毛都竖立起来了，也许在血统里面，它们早就把对方当作自己最大的敌人了。皮格特的孩子们看到这种情况，只好给它们划出各自的领地，让它们互不侵犯、和平相处。

庆幸的是，罗伊最终学会了忍受这只奇怪的小浣熊，而小路阿特查也慢慢喜欢上了牧羊犬罗伊。两个家伙终于能够和平相处了，家里又恢复了以往的平静与快乐。不到两个星期，小路阿特查就已经习惯了趴在罗伊柔软的胸毛上打个盹儿，而罗伊也惬意地伸展开自己的四肢，紧紧地贴着小路阿特查。

渐渐地，小路阿特查长得越来越壮，也变得越来越调皮了。在孩子们面前，小路阿特查一会儿像只淘气的小猴子，一会儿又像只温顺的小猫，这都是为了得到小主人们的爱抚。不知怎么的，小路阿特查总觉得很饿。但不久之后，聪明的它就知道在哪里可以找到可口的食物了。孩子们也会时不时地将一些好吃的东西藏在口袋里，带给小路阿特查吃。到后来，即使陌生人靠近，小路阿特查也会调皮地迎上去对他们撒娇，站起身来在他们的每个口袋里面去找好吃的。

现在的小路阿特查在这个家里可是完全无所畏惧了，它有时会独自跑开，几个小时大家都看不到它的踪影。那次，小路阿特查偷偷地跑进了储藏室，看到了木架子上一排排装满果酱的瓶子。鲜美的果酱让小路阿特查控制不住自己，它打翻每个果酱瓶子，把爪子伸进瓶子里摸索着，从像泥巴一样的果酱中掏出每一粒葡萄放到嘴里。现在，小路阿特查已经吃得饱饱的了，但是它将以前在淤泥里捕食的记忆找了回来。它不放过一个瓶子，希望从里面找到更好吃的东西。它把抓出来的东西都胡乱丢到了一边。储藏室一片混乱，地板上横七竖八地躺满了瓶子，而储藏木架上则沾满了各种果酱。除了它那双明亮的眼睛外，小路阿特查的脸上、身上都沾满了各种果酱。这时，储藏室的门开了，皮格特太太来储藏室查看她储藏在这里的果酱。眼前的情景把皮格特太太吓了一跳，而小路阿特查见到皮格特太太后马上从木架上兴奋地冲了下来，迅速地爬到了皮格特太太的肩膀上来。一直讨人喜欢的小路阿特查坚信自己将再次得到皮格特太太的爱抚。但是，令小路阿特查失望的是，皮格特太太看了看混乱的储藏室和浑身沾满果酱的小浣熊，只是深深地叹了一口气："唉！"

还有一次，皮格特先生准备让母鸡孵化30个鸡蛋。第二天，小路阿特查又不见了。当皮格特一家正四处寻

霸王熊

找小路阿特查时，从母鸡窝那里传来了小路阿特查的叫声。打开鸡窝门，皮格特一家吃惊地发现，小路阿特查正鼓着圆溜溜的小肚子四脚朝天地躺在鸡窝正中间。他们把小路阿特查从鸡窝里揪出来，可鸡窝里只剩下13个鸡蛋了。负责看守鸡窝的罗伊走过来，听着一家人的抱怨，无可奈何地低下了头。又怎么能埋怨罗伊的失职呢？在是该恪尽职守还是宽容地对待小路阿特查问题上，罗伊选择了后者——放小路阿特查进了鸡窝。可谁能想到事情会变得这么糟糕呢？失望的罗伊只能耷拉着脑袋发出一声叹息。

由于孩子们太喜欢这个捣蛋鬼了，皮格特对于小路阿特查是一忍再忍。但是又一次类似的事情发生之后，皮格特再也无法忍下去了。那天，小路阿特查被独自一人留在家里时，发现了一瓶墨水。出于好奇，它将墨水瓶上的软木塞拔了出来，由于用力过猛，墨水溅了一地。出于习惯，小路阿特查将自己的爪子伸进了墨水瓶，摸索了半天但是一无所获。它无奈地将爪子从墨水瓶里拔出来。然后它惊奇地发现，这样可以在其他的东西上面留下自己的爪印。

刚开始的时候，小路阿特查只在桌子上走来走去，但接下来，它发现在孩子们的课本上面可以留下更深的爪印。于是，它开始在课本的正反面都留下自己的爪印。

到后来，小路阿特查又发现，自己可以在有水的地方重新制造一些墨水来留下自己的爪印。接下来，沉浸在"画"爪印乐趣中的小路阿特查又开始在墙纸上留下自己的爪印，然后是窗帘、女士的裙子。玩得忘乎所以的小路阿特查后来又打开了卧室门，跳到床单上面胡乱地留下了一些爪印。对于小路阿特查来说，在雪白的床单上留下自己奔跑时的各种形状的爪印真是太有趣了。在随后的几个小时里，它用光了所有的墨水，以至于当孩子们从学校回到家时，感觉好像有一百只疯狂的小浣熊在家中跑来跑去。当可怜的皮格特太太看到自己喜欢的床单被弄得一塌糊涂的时候，伤心又愤怒的她还大哭了一场。可小路阿特查还像往常一样跑到皮格特太太跟前，举起自己沾满墨水的手掌，嘴里发出嗯嗯的叫声，好像自己是这个世界上最好的小浣熊。

这一切实在太糟糕了，尽管孩子们尽自己最大的努力帮忙清洁屋子，但裙子和床单都已经被毁了。在皮格特夫妇看来，这回小路阿特查必须离开了，它要为自己的错误付出代价。

孩子们的哀求是没有用的，皮格特叫来了皮特，让他把这个淘气鬼带走。虽然小路阿特查不喜欢皮特，但现在它没有任何选择的权利。小路阿特查被捆起来丢进了皮特的袋子里，它要被这个混血的印第安捕猎手带走了。罗伊很讨厌这个混血的印第安人以及他那只没用的狗。罗伊弄不懂：为什么要让这个讨厌的家伙带走家里的成员呢？罗伊愤怒地咆哮起来，充满敌意地嗅着猎人的腿，警惕地观察着这个讨厌的家伙，但是也只能眼睁睁地看着他将鼓鼓的袋子拿走，那里面装着自己的好朋友。

第八章
逃　脱

　　现在已经是夏末了，新一轮的狩猎即将开始。袋子里的小路阿特查对于皮特来说有新的用途，因为他有一条猎犬需要训练，而小路阿特查正好可以作为猎物来训练猎犬追捕和猎杀浣熊。想到这些,皮特心里高兴极了。

　　当皮特走近自己的小木屋时，他的猎犬猛地跳上前来迎接他。这是一条混血的凶猛猎犬，当它嗅到袋子里小路阿特查的气味时，便狂吠着想要把这个猎物弄到手。

　　皮特对猎犬的表现还是比较满意的，看来猎犬可以从这只小浣熊身上学到不少猎捕本领。皮特从袋子里把小路阿特查提出来，然后用铁链拴好，系到院子中的一根树桩上。皮特吆喝着猎狗去攻击小路阿特查。猎犬斗志昂扬，伴着一阵狂吠向小路阿特查扑过去，体型硕大的它根本不把小路阿特查放在眼里。当猎犬鼓足了劲儿，准备一口了结对手的时候，却被身后的皮特制止了。现在还不是杀死这只可怜的小浣熊的时候，猎犬仍需要多加训练，这个小家伙还有很大的利用价值。

　　猎狗的进攻吓坏了小路阿特查。在皮格特家，它与罗伊的和平相处让它觉得浣熊和猎狗是可以像家人一样生活在一起的。可是现在这只凶恶的猎狗为什么要杀死自己呢？虽然心里充满了疑惑，但是它现在唯一能做的就是尽量保护自己了。之后，每当这条大狗追捕小路阿特查的时候，它都要拼命躲开。渐渐地，求生的欲望战胜了它内心的恐惧。面对着这个凶残的畜生，忍无可忍的小路阿特查咧开了自己的嘴唇，露出了自己锋利的牙齿。

　　但不久之后，小路阿特查就绝望了，因为这个畜生并没有像自己一样被一条铁链捆着。有一次，这只凶狠的狗被皮特带到了小路阿特查近前。这个坏家伙一下子就用自己的大爪子摁住了小路阿特查的前掌，然后用力地碾压。毫无退路的小路阿特查猛地用自己的尖牙咬住了猎狗的大腿。这意外的一击使得毫无防备的猎狗疼得嗷嗷大叫，它从没想过自己竟然会受到这弱小敌人的攻击。发疯似的猎狗正想还击，又被皮特及时制止了，那锋利的犬牙差一点就要咬断小路阿特查的脖子了。这件事更加深了猎狗和小路阿特查之间的仇恨，而捕食与自卫的凶残游戏还要继续下去。

接下来的几天里，小路阿特查和猎狗在皮特的安排下进行凶狠的对抗训练。小路阿特查也学会了用自己的爪子和牙齿去勇敢地反抗这只狗。虽然每次的对抗训练都令小路阿特查心惊胆战，但是在这个过程中它也变得更加聪明和坚强。

一个天气微凉的傍晚，皮特将小路阿特查丢进袋子里，然后带上猎枪和那只可恶的猎狗来到了森林的边缘地带。这次要进行的是实地训练，皮特要教会猎狗循着足迹、气味追踪和发现浣熊，这是整个捕猎训练当中最重要的内容。

皮特首先将猎狗拴在一棵树上，接着把小浣熊带到稍远一些的地方让它逃跑，然后再放开猎狗。只有这样，才能训练猎狗凭借足迹和气味去追踪浣熊。即使浣熊逃到树上去，猎狗也会根据气味和足迹发现那棵树，然后围着这棵树转悠、吼叫，告诉猎手浣熊就在这棵树上。

猎人把小路阿特查带到远处后，将它从袋子里面放了出来。颠簸了一路的小路阿特查跌跌撞撞地从袋子里爬出来。最初，它还感到一点困惑，但不一会儿，回过神儿来的它就发现了远处的猎狗，此刻猎狗正张开那讨厌

霸王熊

的大嘴对着自己。小路阿特查知道情况不妙，扭身飞快地逃跑了。逃跑的时候，小路阿特查还在偷偷地笑呢，因为它看到猎狗追击自己的时候，脖子上的绳子猛地一下又把它拉了回去。现在，小路阿特查自认为已经完全摆脱了危险，自由地奔跑着。它一路猛冲进树林里以摆脱猎人的视线。它跳跃着、奔跑着，寻找枯叶最厚的地方来躲藏。小路阿特查已经很久没有享受过在森林中自由奔跑的感觉了，它动作敏捷，速度飞快，内心中充满了快乐，一点都不像是在逃跑。

看着小路阿特查跑远，皮特赶紧去解系在猎犬脖子上的绳子。这根绳子紧紧地系在猎犬的脖子上面，猎犬狂吠着，对主人帮助自己逃离这讨厌的绳索而表示欣喜。但是皮特发现绳扣系得太紧了，以至于他无法快速地解开这根绳子。最终，皮特只得抓紧这个兴奋的家伙，按住躁动的它，绳子在放松后才终于被解开。

猎狗迅速冲到它最后看见小路阿特查的地方，但是此刻小路阿特查早已跑得无影无踪了。这被猎人和它的狗耽误的三分钟对于逃跑的小路阿特查来说是多么宝贵呀。顺着猎人的指引，猎狗开始哈着腰、埋下头四处搜寻小路阿特查的踪迹。当猎狗嗅到了小路阿特查的气味后，高兴地叫了几声，然后继续循着气味跟踪小路阿特查。每当猎狗感觉到跟丢了小路阿特查后，它就会折返

回来,再次从头追寻,直到发现小路阿特查的踪迹。就这
样,猎狗耐心地追踪着小路阿特查。猎狗走得很慢,因为
一旦跑起来就会跟丢它要追寻的目标。此时, 有点急躁
的皮特开始跑了起来, 大声地鼓励着猎犬继续寻找,这
样的经验对于这次训练十分重要。只要猎狗能一直追寻
到小浣熊的踪迹, 那么小浣熊就逃脱不掉。哪怕是小浣
熊最终逃到一棵树上, 只要不跟丢, 猎狗就会发现它藏
身的那棵树。这样的话,皮特就可以跟过来,然后举枪射
击, 然后猎狗就可以把中枪的小浣熊叼到自己的跟前。
经过这样的实地训练, 猎狗将会更加熟悉自己以后的任
务, 而且成功捕猎带给猎狗的快感会刺激它比主人更加
渴望这样的机会。

　　然而, 这些仅仅是皮特的愿望罢了。虽然以前的实
地训练都很成功, 但这次看来没有那么顺利了。小路阿
特查没有按皮特想象的那样爬到附近的一棵树上去,它
只是不断地向前奔跑, 奔跑。一开始它还能听到那两个
敌人发出的一些声音,而这让它跑得更快了。最终, 它爬
到了一棵巨大的枫树上面, 这棵树就跟它记忆中的家一
样高大, 而树中间的树洞对可怜的小路阿特查来说无疑
是最安全的避难所。

　　敌人慢慢地接近小路阿特查。猎狗的确很有耐心,
它一直死死地跟着小路阿特查留下的足迹。他们终于来

到了这棵巨大的枫树下。

"就是这里!"猎人兴奋地嚷道,"我们困住它了!

皮特仰头望着这棵巨大的枫树,又变得无可奈何了。

"我们没办法砍掉这棵树,我们只带了一把枪,没带斧头。"

此刻,待在树洞里的小路阿特查暂时安全了。由于枫树实在太高了,猎人无法爬上这棵大树,也就无法找到小路阿特查的藏身之处。

夜幕降临,无奈的皮特和那条徒劳狂吠的猎狗失望地回家了。

第九章
重返大森林

死里逃生的小路阿特查是幸运的，而这份幸运跟它小时候的经历有着必然的联系。爸妈的教诲和训练使它记住了浣熊家族的生活习性和各种禁忌。小时候居住的那个温暖的家深深地藏在它的记忆里。只有树洞——高大树木上的树洞才是最安全的居所。

现在，小路阿特查躺在树洞里安心地休息着，它十分开心自己终于逃出了猎人的控制，重获自由。等到夜深时分，小路阿特查小心翼翼地爬出了树洞，继续前进，它要回家！一路上，小路阿特查就像爸妈那样异常警觉。它也会竖起耳朵去捕捉最细微的声响，抽动鼻子嗅着风中夹杂着的各种气味，随时提防危险的发生。小路阿特查慢慢地爬过一些灌木丛，不断地向着前方前进。害怕

再次被猎人抓住的它不敢停下来休息，也无心停下来觅食，它一直不知疲倦地奔跑着。直到小路阿特查跑到了一片环绕着小溪的沼泽地时，它才停了下来。因为在小路阿特查的记忆中，小时候的家好像就在这样的一个地方。

一只失踪了几个月的小浣熊在历尽千辛万苦之后终于回到自己的家。对于它的家人来说，由于分别时间太久，所以最初只是把它当成陌生的闯入者。但它身上的气味帮助了它，它最终得到了家人的认同。小路阿特查终于又回到了这个温暖的大家庭。

现在，小路阿特查已不再是一个孩子了，艰苦的磨炼使它变得更加成熟和坚强，成为浣熊部族中不可或缺的一员。为了拥有自己的爱人，它敢于和部族中的其他成员决斗并最终取得胜利。最终，路阿特查像当年它的父母那样，与自己的爱人一起离开了它的部族。它们走了很远很远，也像它的父母一样找到了溪流旁的一棵大树，在大树上的一个舒适的树洞里安了家。

我们相信，不久后将有一批新的小浣熊出生，这些小家伙也会在爸爸妈妈的呵护和训练下慢慢长大。